平成最後のIT事件簿

SAWA SION

沢しおん

ブロックチェーン・ゲーム

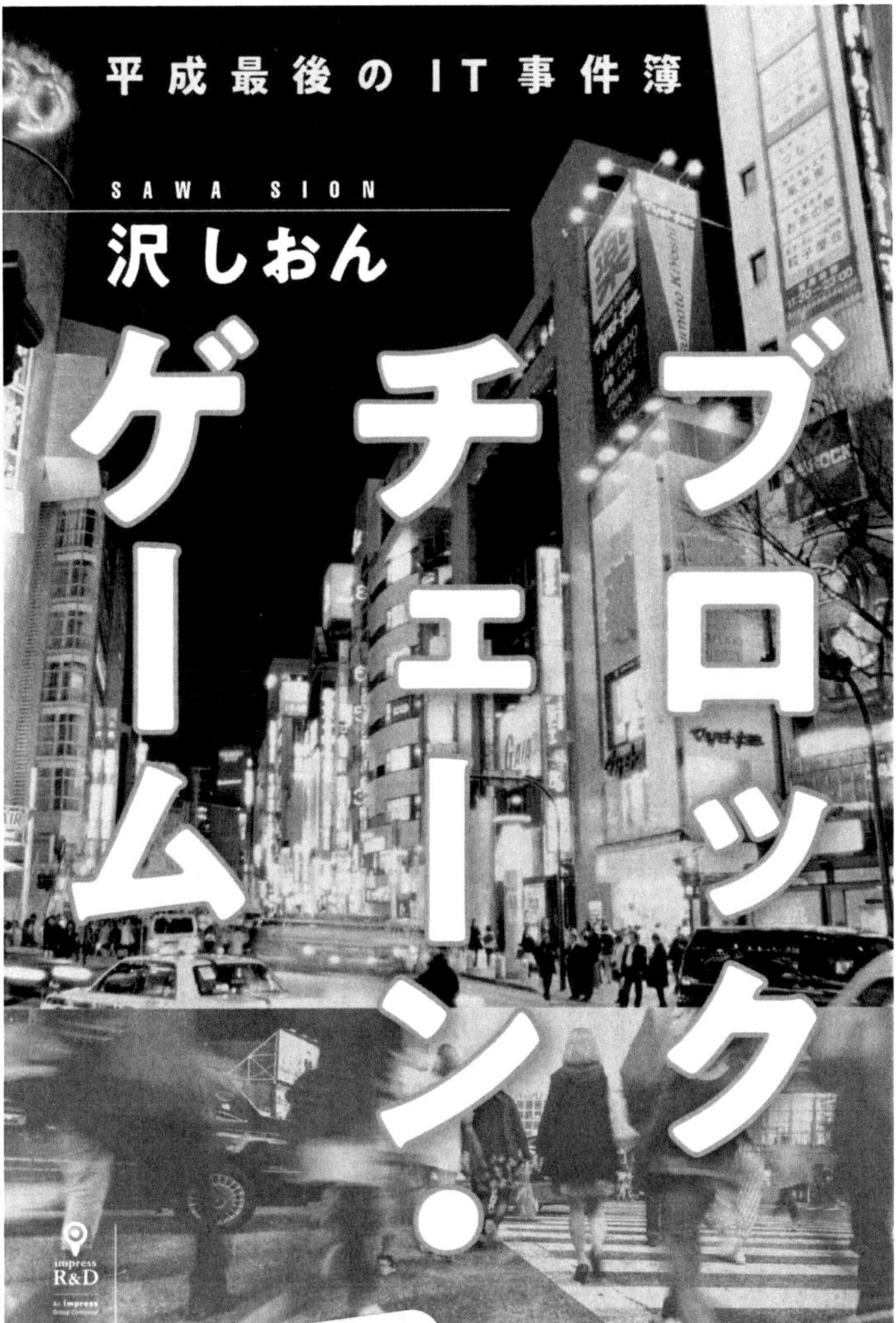

impress R&D

登場人物

倉石《くらいし》クニオ　仮想通貨取引所〈コインパーチェス〉の元ＣＥＯでリードプログラマー。仮想通貨流出事件後に、消息を絶つ。

初瀬《はせ》ハルト　アフィリエイトブロガー。仮想通貨やゲーム攻略のサイト作成で生活。

田場川《たばかわ》タイチロウ　ビジネスセミナー講師から転身し、インターネットメディア〈ソーシャルコーホーズ〉のプロモーションマネージャーとなる。

江ヶ崎《えがさき》エリナ　アイドルグループ〈黄泉比良坂《よもつひらさか》47〉のメンバー。初瀬と同棲。

麻布《あざぶ》アミリ　かつてブログの女帝と呼ばれたが、剽窃《ひょうせつ》問題で表舞台から姿を消す。

衡山《ひらやま》ヒロシゲ　業界団体ジャパン・ネット・エンターテインメント・ゲーム・アソシエーション〈J-NEGA《ジェイネガ》〉所長。官公庁への太いパイプを持つ。

湯浅《ゆあさ》ユウスケ　〈J-NEGA〉の所員。元ネットゲーム廃人。

武壱《たけいち》タイザン　与党であるZ民党の代議士。老獪《ろうかい》。

丘田《おかだ》オキカズ　Y証券の役員。金融関連で武壱の使い走り。

寺嶋《てらじま》テルオ　ゲーム会社〈サークルフェニックス〉プロデューサー。

貞本《さだもと》サトシ〈サークルフェニックス〉の品質保証部チーフ。
依永《よりなが》ヨウジ　雑誌『週刊文旬』の記者。ネット論客として匿名でも活動。
鞠玉《まりたま》マフユ〈黄泉比良坂47〉のメンバー。あざとさがチャームポイント。
野館《のだて》ノブヨシ〈黄泉比良坂47〉のマネージャー。

プロローグ

２０１４年３月 渋谷区 セミナー会場――。

「質問です。自分がビットコインを買ったとしたらなんですが、ブロックチェーンっていうんですか、秘密鍵？　この長いアルファベットの文字列を忘れたらそのコインは一生使えなくなるんですか？」

初瀬《はせ》ハルトの質問に、セミナー会場の参加者たちは「なぜそんな基本的なことを質問するんだ」と訝しげな顔をする。

都内にあるＩＴ企業の会議室を借り切って行われたウィークエンドセミナー。窓からは渋谷の雑然とした街並みを見渡すことができ、とりわけ１０９《マルキュー》のビルはよく目についた。

若手俳優のような端正な顔立ちとスラッとした容姿からは少し想像できないほど、初瀬はインドア派の生活を送っていた。普段からアフィリエイト広告をちりばめたブログやゲームの攻略サイトで収益を得ていて、それを知らなければいわゆる「ウェイ系」といっても通用しそうだ。

セミナーのタイトルは「ビットコイン～仮想通貨の創《つく》る未来～」。先日、ビットコイン取引所の〈マウンテンショックス〉から大量に仮想通貨が盗難されたという事件がニュースになったばかりだったが、セミナーの開催はそれより前から企画されていたものであった。初瀬は新たな収益源として話題になりつつあった仮想通貨に目をつけ、「ブログの女帝」麻布《あざぶ》アミリが書いた紹介記事を見て、このセミナーのことを知ったのだった。

ここに集《つど》っているのは〈マウンテンショックス〉の仮想通貨盗難事件がニュースになる前にセミナーに申し込んできた人たちだから、当然、仮想通貨に着目するというアンテナの高さ以上に「儲けになるかどうか」を気にしていた。

ビットコインの仕組みやブロックチェーン技術のなんたるかに興味が無かったとしても、安心できる取引業者に預けて任せられればそれでよい。いつ価格が上がるのか、本当にブロックチェーンというのは公正で安全安心なのか、運用を任せても良いから信頼できる証券会社のようなものはないのか、そういうことに興味の重点を置く参加者も少なからずいた。

初瀬からの質問を受けた主催の田場川《たばかわ》タイチロウは、マイクを握り直してにこやかな笑顔で頷いてみせた。学生時代の体育会系の面影が残るラガーマン体型に角刈り、しかも強面《こわもて》であるが、テレビに出ている芸人のような大きいレンズのセルロイドメガネと人懐っこい笑顔が爽やかな印象を与えていた。

「いい質問ですね。先日、ビットコイン取引所マウンテンショックスの仮想通貨盗難事件があったことから、取引所に預けておくのは危険だとお思いの方が多いと思います。いくつか取引所以外の保管の方法を紹介しましょう」

　それから田場川は、ホワイトボードに「ウォレット」と大きく書いて、その下に「ペーパー」「ハードウェア」「ソフトウェア」「ウェブやクラウド」と並べた。

「まずペーパーですが、これは読んで字のごとく、さっき質問してくださった方の言った秘密鍵をすべてプリントアウトしてしまう方法です。ご自宅の耐火金庫に入れておいてください。皆さまがいつも札束をドカンと入れてらっしゃる金庫で大丈夫です」

　冗談交じりの解説に、場内から笑い声がいくらか聞こえてくる。

「とはいえ、全部紙に印刷しておく、というのはあまり現実的ではありません。マウンテンショックスさんも紙にプリントアウトして金庫に入れておけばよかったんですけど、それ、やってられないですからね」

　続けて田場川は、ネットと繋がっていない環境でも保管できる手の平サイズのハードウェアウォレットの説明をした。パソコンに接続してからビットコインのデータを転送することで、仮想通貨を記録できるのだという。田場川がビジネス鞄から取り出したそれは、タバコの箱を一回り小さくしたくらいの大きさに見えた。

「でもこれ、壊れたら取り出せなくなりますので、それもちょっと心配なところです。そしてソフトウェアウォレット。ＰＣにインストールするタイプのソフトや、スマホに入れるモバイルウォレットと呼ばれるアプリがあります」

　そういいながら、田場川はスマートフォンを左右に振りかざすようにして聴衆に見せた。

「ただ、これらはセキュリティ上で不安もあり、ご自宅のネット回線に繋ぎっぱなしのＰＣで使うような場合や、野良《のら》アプリが比較的多いアンドロイドスマホでは、ウィルスやクラッキングに注意する必要があります。エッチなサイトを見ようとしてブラウザクラッシャー《ブラクラ》を踏んだ経験があるような人には向かないですね」

　田場川はスマートフォンのホーム画面からウォレットアプリを起動してみせた。卓上カメラのついたプロジェクターにスマートフォンをかざすと、ディスプレイに表示されていた内容がスクリーンいっぱいに表示された。

「今、プロジェクターで投影した画面に映っているのは、モバイルウォレットアプリと呼ばれるものです。私の場合、保管してあるビットコインやまとまった取引をするために分けてあるものとは別に、日常で使用する分をこの中に入れて使っています。送ったり渡したりするのに便利なんで。この画面に表示されている二次元コードはウォレットのアドレスになっているんですが、ここに対して皆さんからビットコインを送っていただくと、私の残高が増えます。いつでも送ってください。逆に、皆さんのスマートフォンにこのアプリを入れていただくことで、私から送ることもできます。やってみましょうか」

田場川はまるでテレビのクイズ番組の司会者のように、手の指を揃えた仕草で初瀬のことを指した。

「今、このアプリを入れていただけますか？」

「え、俺、ですか。あ、はい……っと、コインウォレット、何でしたっけ、アプリの名前」

初瀬は正しいアプリ名を田場川から聞くと自身のスマートフォンのアプリストアでそれを検索した。

「インストールしました。この暗証番号ってのは適当に決めていいんですよね」

「好きな番号を設定しておいてください。誕生日とか車のナンバーの流用はナシの方向で」

そういわれてしまうとすぐには適当な番号が思いつかず、初瀬は考えあぐねて窓の外へと視線をやった。

「暗証番号を類推されにくいものにしておく、というのは基本的なセキュリティです。いずれビットコインが流行ると、彼女さんとかにビットコインを抜かれる時代になりますからね。あ、そんな人とは付き合わないって顔してますね。大丈夫、いい人に巡り合いますよ。で、二次元コード、出せます？　ちょっと借りていいですか」

その言葉に頷いてから初瀬は、思いついた番号をアプリに入力して暗証設定を終え、スマートフォンを差し出した。

田場川は初瀬の画面に二次元コードを表示させ、田場川のスマートフォンのカメラを向けた。

「こうやって、片方の人がウォレットの二次元コードを表示し、もう一つのスマートフォンのカメラで撮影すると確認画面が出ますので……。はい、これで私のビットコインがあなたのモバイルウォレットへ送られました」

「え、ビットコイン、くれたんですか？」

「たいした量は送ってません。実は、ビットコインは小数点以下も送れるんです。今後コインが高騰していくと、零《れい》コンマ何桁なんていう細かい量を指定しないと日常では使いづらくなる日が来るかも知れません。その日のために記念にとっておいてください。もちろん、プリントアウトして金庫に後生大事にしまっておいていただいてもいいです。ぜひ家宝にしてください」

大げさな言い方をする田場川に、また会場のそこここから笑いがこぼれた。初瀬は軽く礼をするとスマートフォンを受け取って元の席へと着く。

「そして、最後のウェブやクラウドですが、もちろん先日大きく報道されたマウンテンショックスの例がありますので、信用がおけないとお思いになる方もいらっしゃると思います。ですがセミナーの本編でも申し上げたように、ここから数年のうちに大手のＩＴ企業が参入してマイニングに取り組むようになり、取引所も整備され、より安全に仮想通貨を運用できるようになっていくと考えられます」

それから田場川は、いくつかの質問に対してさっきのように冗談交じりのトークで答え、次のような締め方をしてセミナーを終えた。

「今、ブロックチェーンといえばビットコインのような仮想通貨だけを思い浮かべてしまいがちですが、スマートコントラクトの活用や、分散処理に自律型AIを用いることで、非中央集権的かつ民主的なグローバルシステムを築くことができるようになる日も近いと思われます。民主主義は人類の発明ではありますが、権力に左右されるようなこともなく、正しくブロックチェーンが運用される時代が迫ってきています」

＊

風が温《ぬる》み始めた3月の陽気の中、帰り道で初瀬はさっきのモバイルウォレットアプリを開いてみた。

「1BTC《ビットコイン》……。あの人がくれたのたった1コインか。たいした量送ってないって言ってたけど、ほんとその通りだな」

セミナーでは六本木に設置されているATMのような機械でビットコインを円に交換できるといっていた。だが、初瀬はそれほど熱心にはメモをとっていなかった上に、色々な仮想通貨の価格を始め、とにかく話の中にたくさんの数字が出てきたので曖昧な記憶しかなく、数百円なら六本木に出向く電車賃だけ無駄だと思えた。

それから４年――。

第一話　連鎖

1

渋谷のD坂上あたり、雑居ビルの屋上は真夏日のようだった。平成という時代が終わることが明らかになった２０１８年、連休直前の４月下旬。つい昨日《きのう》一昨日《おととい》は肌寒さからエアコンを暖房設定にして稼働させていたというのに。

倉石《くらいし》クニオは、その日差しに思わず片手を額のあたりに当てて、目を細めた。

創業仲間とプログラミング作業の合間に弁当を食べるなどして過ごしたこのビルの屋上は、昨年の台風の時にフェンスが曲がって、穴が開いたところを微妙にサイズの合わない板で塞ぎ、荷造り紐のようなものでグルグルに巻いて補強してあった。

この日差しの強さではきっと臭い立ってしまうだろうな――。

倉石は、自分の死体の始末をすることになる人々に思いを馳せた。世間を騒がせた史上最大級の仮想通貨流出事件である『コインパーチェス事件』について、倉石は当事者でありながらも、自棄《やけ》気味な感情を抱いていた。

＊

少し前の２０１８年1月、倉石を社長とするコインパーチェス社は、改正資金決済法に基づき仮想通貨取引所としての申請を金融庁に対して行い「みなし事業者」として営業していた。しかしそれからしばらくして、多数の顧客から預かっていた時価総額６００億円分もの仮想通貨〈バーチャコイン〉を流出させてしまう。タレントを使用したテレビＣＭを大量に投下し、取引所の利用者数も増加しているさなかで、これからという時の出来事だった。クラッキングによって〈バーチャコイン〉が海外の仮想通貨取引所に送金され、瞬《またた》く間に地下犯罪市場《ダークウェブ》へと分散していった。

２０１４年の〈マウンテンショックス〉の仮想通貨盗難事件が１１５億円規模であったから、そこからすると被害額はゆうに5倍を超えており、その規模の大きさが『コインパーチェス事件』を史上最大級の仮想通貨流出事件と呼ばせしむ所以《ゆえん》であった。

昨年から仮想通貨市場はバブルの様相を呈していた。例えばビットコインは２０１７年1月の段階で１ＢＴＣ《ビットコイン》が11万円ほどだったが、一年後の２０１７年末で２２０万円となり、20倍もの高騰を見せた。ビットコイン長者に対して、投機で財を成した人物を指す「億り人《おくりびと》」という言葉が使われるようになり、いわゆる「意識高い系」のブログなどでも仮想通貨が話題にならない日は無いほどだった。

倉石は仮想通貨の盗難が発覚してすぐ、目の前のモニタでエンジニアのスタッフが指し示した取引履歴表示《トランザクション》を何度もリロードし、嘘ではないか、表示系の潜在バグではないかと疑った。だが紛れもない事実だとわかると、利用者保護をしなければという強い意志から、怒りや悲しみという感情を一旦よそに置いておくことにし、冷静に対応を進めることにした。

入出金の中止、逐次の状況告知、マスコミ対応を兼ねた緊急記者会見などを進め、被害の拡大防止と広報に努めた。社内へはできる限りの対応や追加の技術的防護策を講じ、その後は、季節柄インフルエンザが流行していたこともあり、負荷の高まりがちな部門へ交替で勤務するよう通達し、無理をしないよう徹底させた。

事件ともなれば警察や監督省庁が動き、それらへの対応は平常の業務を超えて現場のストレスになる。こういうケースでは仮想通貨取引所はあくまで被害者だという立場でありつつ、利用者に寄り添わなければならない。この期に及んで無用に慌てたり従業員に過労を強いたりしていては、事件解決は遠ざかってしまう。

事件後の倉石を支えていたのは、「お客様の使いやすいサービスを実現する」というベンチャースピリットだった。雑居ビルの一室から数人で起《た》ち上げ、他社の仮想通貨取引サービスのどれよりもユーザーフレンドリーなインターフェースを提供し、社会の進化に貢献してきたという矜持《プライド》だ。

緊急記者会見の段階では、まだ世間に顛末を説明できるほどの状態ではなく、社内でも事実確認や侵入経路の特定作業中だった。社内スタッフの人的なミスで仮想通貨を管理するためのアカウント情報が漏れていたのではないか、という疑念はおぼろげながら浮かんでいたが確証には至らず、「トロイ型のコンピュータウィルスが原因ということも考えられる」というレベルの発言しかできなかった。並行して、事件に伴うサービス障害への完全解決には返金が不可欠だという判断があり、それについては誠実に伝えた。

しかし、値動きの激しい仮想通貨市場においては、返金予定日までに〈バーチャコイン〉の価格が市場で維持されずに下落していくことは充分に考えられ、今すぐにでも資金を引き揚げたいという人々からの批判は免れ得なかった。

顧問弁護士含めた事前の相談で「とにかく神妙な面持ちで」ということでそれを貫いてはいたが、ネットでは配信動画内の倉石の表情が一瞬柔らかく変化したのを切り出して、まるで仮想通貨流出が狂言で巧妙に隠された詐欺事件であるかのように、「計画通り」「犯人はヤス」などという冗談めかしたキャプションをつけた画像が出回った。

だが、あの場で倉石が考えていたのは、対外的な説明は急務でありつつ、それよりも顧客対応や原因調査の現場指揮を執りたいということだった。それは、人々に仮想通貨の先進性と利便性を広め、社会を改革していこうというサービスの開発を旨としてきた、エンジニア肌の社長としての信念だった。

流出した〈バーチャコイン〉は、ビットコインの後を追うようにX財団が開発した仮想通貨だった。事件が発覚した直後にX財団は〈バーチャコイン〉の送受信を追跡して犯人の特定に協力するという声明を出し、事件の推移をウォッチしていたインターネットユーザー達の期待を集めた。

名乗りを上げたホワイトハッカーたちとともに、流出した〈バーチャコイン〉が通過するウォレットに追跡モザイクを用いたマーキングを行うなどしていたが、最終的には流出した〈バーチャコイン〉は犯人らによってダークウェブ上で他の仮想通貨等への交換が完了してしまったという予測のもと、追跡を終了するというリリースを出し、それで手仕舞いとなった。その後も有志による追跡は継続されたが犯人の特定には至らず、結局〈バーチャコイン〉の、「追跡できないという点で信頼のおける暗号通貨」という評判を強めただけだった。

並行して警察のサイバー犯罪対策課も総力を挙げて犯人の追跡を行っていたが、犯人の特定はされないままだった。世間ではダークウェブで交換された〈バーチャコイン〉は、さらに他の仮想通貨へと交換されて拡散し、国際的なテロ資金やそれを支援する粗暴な国へと流れるのだとまことしやかに囁かれていた。

それから少しして、〈コインパーチェス〉は救済に名乗りを上げた大手のY証券に買収され、利用者への補填も約束どおり完了した。消費者問題は、利用者への補填が完了した時点で解決したかに思われたが、そこから信頼を取り戻しての再スタートは簡単ではなかった。

事件発生からこの解決をみるまでに、仮想通貨を取り巻く事情は大きく変わっており、仮想通貨取引所として金融庁に登録申請をしていた事業者が軒並み申請を却下されただけでなく、度重なる業務改善命令や操業停止の行政処分を受けていた。

年始から春までの間に、派手な値上がりで一般市民へのインパクトも強かった仮想通貨バブルの時代は過ぎ、堅実な事業者が新たに地盤固めを行うタームへとシフトしていった。

仮想通貨の是非が問われる中、「仮想通貨取引所への風当たりが強くなりましたが、ぼくは今後もガチ《ガ チ》でホールド《ホ》していきます」とは、仮想通貨取引口座開設のアフィリエイト広告つき記事を熱心に喧伝していた負けず嫌いのブロガーの言葉である。

＊

倉石は〈コインパーチェス〉が事業だけでなく会社ごと買収されたことを受け、引責含みでの退任も決まっていたが、自由を手に入れたというよりも全てを奪われてしまったという思いが日に日に強くなっていた。

そして今日、気づけば創業したての頃に借りていた思い出の雑居ビルの屋上を目指し、階段を上っていた。

粗雑に巻かれた紐をほどいて板を外した倉石は、フェンスの穴をまたぎ、コンクリートの屋上のフチへと足をかけた。生ぬるい風が頬を撫でた。

ビルはD坂の上に建っていたが、周囲を見渡すと雑多でキッチュなラブホテルが建ち並んでいて、渋谷を一望という風情ではなかった。

何度かあの辺に泊まったことがある。あの時一緒に過ごした彼女はいつの間にか疎遠になり今では海外在住だ。ＳＮＳもアカウントを削除したようで、連絡先もわからない。今は今で、支えてくれる恋人でもいたら、まだ生きていこうと思えただろうか――。

自分は何か道を間違ってしまったのか。仮想通貨市場の熱狂と犯罪者の欲望が渦巻く世界の中で、隙を突かれたことそのものが罪だとしても、それを償い、埋めるべき未来まで、会社とともに他人に渡してしまった――。

とりとめのない考えがいくつも湧き上がり、倉石を逡巡させる。無意識に時間を稼いでいるのかもしれなかった。あるいは、もう少し強い風が吹けば、倉石のそういった思いとどまりのようなものを無視して、身体《からだ》を宙に躍らせたかもしれない。

あの時の記者会見では「社員のＰＣがトロイ型コンピュータウィルスに感染した恐れ」と対外的に説明したが、その後の調査で判明したのはもっと入り組んだ状況だった。巧妙にシステムにバックドアが仕掛けられていた。流出の踏み台にされたアカウントは業務委託の女性プログラマーのもので、そのアカウントのクラッキングは、トロイ型のウィルスを介したものではなく、人的に引き起こ《ソーシャルハッキング》された漏洩によるものだった。

さらに事態の調査を困難にさせたのは、その漏洩したアカウントを手にしたのは虚偽の個人情報で固められた実在しない人物で、犯人は現実でもネット上でも身元を隠しきっており、追うことができなかった。犯人あるいは犯人グループが何枚も上手《うわて》で、相応の期間をかけて用意周到に進められてきた犯罪といえばそうなのかもしれない。

だがこんなにも噛み合わせの良い歯車のように計画を遂行できるものなのだろうか――。

事件報道後のネット上での批判は、顧客から預かっていた仮想通貨をオンライン状態の「ホットウォレット」で運用していたことに集中していた。かつて〈コインパーチェス〉ではネットワークから切り離された「コールドウォレット」の開発を倉石自身が推奨し、その陣頭指揮をとっていた。

だが当時、工数が確保できずに開発延期《リスケジュール》をしなければならなくなった。その前後でメインのエンジニアの大量離脱があり、営業的に多種の仮想通貨に対応することを優先したいという理由もあって、残っているエンジニアや急遽採用した業務委託プログラマーをコールドウォレット関連の開発に充当することができず、〈コインパーチェス〉ではオンラインのホットウォレット運用を続けていたのだ。容赦ない犯罪者にターゲットにされた上に、そういった仕方ない事情が重なったことから今回の事件は引き起こされた。

だが、それほど自分は社内に点在する綻《ほころ》びに気づけないほど怠慢だったのか――？

倉石は、事件の前後に何があったかを何度も何度も思い浮かべた。

〈バーチャコイン〉の流出が巧妙に仕組まれていたものだったにしても、エビデンスの無い陰謀説を唱えるのは戯れでしかない。ネットに横行する、したり顔の論客たちと同じになってしまうのは癪だ。死んだつもりで、別の明日を作って行く方向に動こう。少しの間、世間から離れて次の一手を考えながら、1ミリでも真相に近づければいい――。

倉石は踵を返し、フェンスの穴をくぐり戻って、ビルの階段を下りていった。

2

再開発の進む渋谷駅。そこから東急東横線に数分ほど乗ると、瀟洒《しょうしゃ》な建物の並ぶ住宅街が広がっている。目黒区内に聳《そび》える高層マンション。何十年も前のバブルの頃なら「億ション」と呼ばれたかもしれないその小ぎれいな一室で、初瀬《はせ》ハルトはPCのモニタを見つめながらブログ記事を打ち込んでいた。

打鍵圧にもこだわった高級キーボードは、テンキー部分の無い省スペース型の限定品だ。思考を妨げない入力スピードは、人生という有限な時間に余裕を与える――。最近読んだ『アドリーマン宣言!』というビジネス書にはそう書いてあった。以前セミナーで会ったことのある田場川《たばかわ》タイチロウの近著だ。

それに影響を受けたわけではないが、確かに軽く流れるように打てるキーボードの虜《とりこ》になってしまうと、入力装置にかける2万円也の出費は安いものだと思えるようになった。

一区切りつけるまで打ち込んでマグカップに手をかけたところで、リビングにいたエリナが寄ってくる。

「ねえ、コインパーチェスの社長って人が失踪したみたい。ここ、ホットトピックに出てる。これって、この前ハルトがバーチャコインで大損したやつ？」と、スマートフォンに表示されたニュースアプリの画面を見せてきた。

無邪気に大損という言葉を含めて聞いてくるエリナに、初瀬は少し苛立ちを覚えながらも、カップを机の上に置き、一呼吸してからあしらうように答えた。

「そうだよ。コインパーチェスのウォレットは使ってなかったけど、流出事件のアオリを食らってバーチャコインを損切りのつもりで売ったら、あとで値が戻った……」

そういいながら、エリナが向けた画面の記事を目で追う。スマートフォンを拝借して仮想通貨のまとめブログへのリンクをタップすると、〈コインパーチェス〉の元社長である倉石と連絡が取れないというＩＴ系ビジネスパーソンのツイートがまとめられていた。

「この人、責任とって富士の樹海へ行ったりするのかな。真面目すぎだよね」と、エリナも画面を覗き込む。

「事件を起こした会社の社長だったからって、そこまでするか？　あれはもうほとんど片付いたんだろ」

「そう？　あんなに話題になってた事件なのに。収まってたの、知らなかった」

「大手の証券会社がコインパーチェスをまるまる買い取ったんだよ。Ｙ証券。盗んだ犯人は見つからないままウヤムヤ」

「犯人、見つからないんだ」

「ああ。それに実質クビになったこの元社長、株を持ってたはずだから、それを売って辞めればそれなりのカネが手に入るんだろうし、富士の樹海に行く理由なんかねえだろ」

「……お金とられないように身を隠したとか」

まるでミステリーの謎解きを楽しむようにエリナは興味深そうにいう。

「さあな。エリナって、カネの話になると目をキラキラさせんの、ほんとわかりやすい」

「そんなことないって。どうしてこういうとき堅実って言えないかな。それにハルトがこういうことに詳しくなかったら、そもそも付き合ってないし。合う話をしてるからそう見えるだけ」

図星を突かれたのでムキになったのか、エリナは口を尖らせてまくし立てたあと、そっぽを向いた。

「付き合いっていうほどの過程踏んでねえだろ、勝手に転がり込んできたのどっちだよ」

「オートロック付きのマンションだったから丁度よかったって前にも言ったじゃん」

「ストーカー除けにこのマンションを使うな」


流行りというにはありきたりとなってしまったが、エリナはいわゆる「地下アイドル」をやっていて、数年前から〈黄泉比良坂《よもつひらさか》47〉というグループに所属している。順調に公演を重ね、ライブハウスの規模が少しずつ大きくなり、先日中野サンプラザで公演があったばかりだ。あと数年の内に中野サンプラザは解体されてしまうということだが、その頃には武道館か各地のドームか、〈黄泉比良坂47〉はもっと大きな会場《ハコ》でコンサートをしていることだろう。それくらい勢いのあるグループだった。

エリナが初瀬の部屋に棲むようになったのには理由があった。行きすぎたファンが事務所からライブ会場への出入り禁止を言い渡され、あろうことか逆恨みからストーカー化し、それでセキュリティの頑丈なところへ引っ越す必要があったのだ。

「マネージャーも『オートロックにコンシェルジュがいるなんて、いいところに引っ越したね』って言ってくれたんだよ」

「そのマネージャー、アホの子か。彼氏同居ってわかったらクビになるんだろ、お前」

「あ、今、彼氏って言った。やっぱあたしと付き合ってんでしょ、ハルトの中では」

「……好きにしろ」呆れたように初瀬が返す。

「してる」

それだけ言うとエリナはベッドの上のシーツをきれいに均《なら》して、ブランドもののバッグを置き、スマホで撮影し始めた。

「この前もそうやって撮ってたな。フリマの売上、それなりにあるのか」

「それがさ、個人認証？　厳しくなって前に使ってたアプリ、やめちゃった」

エリナのいうアプリというのは、フリマ系サービスのことだ。商品の写真を撮影して値段や幾《いく》ばくかのコメントとともにアップロードしておくと、それを閲覧した他の利用者がアプリを通じて購入することができる。

フリマアプリを運用するサービス企業が受け渡しの仲介者となっていて、取引相手に個人情報や送付元住所を知られることがなく、また代金の収受も代行してくれるので取りっぱぐれることもない。この第三者預託《エスクロー》という形式は、ストーカー被害にイヤな思い出のあるエリナにとって、セキュリティは十分に機能していた。

住所を誰かに知られる、見られる、というそのことがセキュリティの穴に繋がる現代では、こういったサービスの設計一つが、消費者の継続利用に大きく関わってくる。

エリナが以前に使っていたフリマアプリは、近年稀にみる非上場で評価額の高い企業《ユニコーン》がサービスしているということで社会からの期待も大きく、利用者に求める個人認証が日ごとに厳しくなっていた。フリマ系のアプリは、手軽さからか本来許可なく売買できないはずの薬品や医療品が流通していたり、出品物の出処チェックの甘さもあったりで「泥棒市」と揶揄《やゆ》されることがあった。だが、そのフリマアプリは株式上場を目指すにあたって、そのレッテルを払拭する必要があったということなのだろう。エリナのように煩わしさを嫌ってサービスから離脱してしまう顧客が出てくることを押してでも、コンプライアンスを重視し、個人情報取得および保護の強化を実施したということになる。

「じゃあ、今撮影してるのはフリマじゃないならネットオークションか?」

「ううん。フリマだよ。別のアプリでできるやつ」

「なんてアプリ? 流行ってんの? 買う客がいないような新しいアプリだとすぐには売れないだろ」ハルトは訝《いぶか》しげに尋ねた。

「急に流行りだしたんだ。ヤミマってアプリ。みんな前のをやめてこっち使い始めてる」

ストレートに「闇市」を示すようなアプリ名に、初瀬は口にしていたコーヒーを吹き出しそうになった。

個人認証が厳しくなったフリマサービスからこぼれた人々をターゲットにして生み出されたものなのだろうが、こんなアプリをOS企業はよく審査でOKを出したものだ——。初瀬は呆れた。

アプリはスマートフォンに標準で搭載されている「アプリストア」からダウンロード・インストールして使用するが、開発者がアプリを正式に配信するためには、そのアプリがOS企業の審査を通過する必要がある。開発ガイドラインを守っているか、公序良俗に反していないか、OSを害する機能が含まれてはいないかといったことが審査される。

しかし時折、粗のある「ザル審査」への疑いが開発者の間で噂になったり、あるいは不備のない正当なアプリであっても、審査担当者から難癖《なんくせ》まがいの指摘をされ、配信に至るまでの改善に苦労した事例が話題になったりしていた。

スマートフォンOSは数社による寡占《かせん》市場であり、ほとんどが海外企業により提供されている。もしかすると、〈ヤミマ〉という「闇市」のような名前をつけたところで、審査の担当者がこの日本語の寓意がわからなかったか、うっかりスルーしてしまったという可能性は否めない。


「で、そのバッグはファンからもらったやつ?」

「そう。直接もらったわけじゃないけど、事務所に届いてたのを貰ってきた。誰宛かわかんないけど、多分あたし宛だろうって、マネージャーが」

「ほんとお前のマネージャーって、適当なところあるよな」

「あたしが出品したってわかんないようにするの結構苦労する。印つけられたりしてたら一発でバレるから、他の写真と見比べたりもするし」

エリナはあくまでも稼ぐためにアイドルをやっていた。ライブ中のトークでも、アイドル雑誌に寄稿しているエッセイにも、お金が欲しいということを隠さないことから、イベントの物販時やチェキのツーショット撮影時などに、パトロンめいた話を持ち掛けてくるファンも少なくない。しかし、誰かのそういった申し出を受けてしまえば、曰《いわ》く「即決《そっけつ》価格だと思われてしまう」ということで、常にファン同士が勝手に相見積もりしあってエリナの価値を釣り上げているような状態を保っている。

エリナは中学に入学してすぐ親に頼み込み、クレジットカードが紐付けられたアカウントでネットオークションを利用することを覚えた。そして、古い服や不用品などを売り捌《さば》いていくうちにそういう価値の維持の仕方を体得していった。その話を聞かされたときには、初瀬も少し恐れのような感情を抱いたほどだ。

他のアイドルグループでファンからのプレゼントをフリマに出品したのがバレ、その謝罪をしたことがニュースになった時には「ファン手作りのもの出したらそりゃバレるって。記事になったらなったで、そういうの見つけようとする人が増えちゃうし、誰かに知られていいことなんか一つもない、ほんと脇が甘い素人はメイワク」と一刀両断し、新しい商売は存在自体が知られたら危険だと豪語《ごうご》。他の参入者が増えてきたら手仕舞いの時とまでエリナは言ってのけた。

「それだけこだわってんなら、仮想通貨やっとけばよかったのに、なんでやらなかったんだよ」と初瀬は訊《き》いた。

「え、だってハルト、200万くらい取り出せないのがあるって言ってたよね。パスワード忘れたとかで」

初瀬は机の引き出しを開け、中からすでに型落《かたお》ちとなったスマートフォンを取り出した。

「これのことか。中のビットコイン、もう200万もしないけど、その半分くらいにはなる」

「それぞれ。ってことはさ、そういうのに入れて取り出せなかったり、こないだのニュースみたいに会社に預けててもまるごと盗まれたりするわけだよね。やるわけないって」

「……現ナマ主義かよ」

笑いながら初瀬は「しっかりしてるんだな」と付け加えた。


初瀬は、かつてこのスマートフォンのウォレットアプリに田場川タイチロウから1BTC《ビットコイン》を送ってもらった時のことを思い出していた。あの時すぐにその価値はわからなかったが、実際は1BTCに3万円くらいの値がついていた。なぜ田場川が初瀬へその金額を送ったのかはわからなかった。メールやSNSなどで連絡をとらなかったのは、操作間違いか何かを理由に返せと言われてしまうかもしれないからだ。

そして、あの時いい加減の思いつきでウォレットアプリの暗証番号を設定したせいで、いつまで経っても番号を思い出すことができず、スマートフォンからビットコインを取り出したり仮想通貨取引所へ移したりすることができないままでいた。

ビットコインが最高値となったというニュースが巡ってきた昨年の頭でも、何度か思いつく番号をウォレットアプリに入力したのだが、一度に5回間違えると一定期間ロックがかかるアプリのセキュリティ仕様のせいで、4回間違っては思いとどまってアプリを終了させ、またしばらく期間をおいては4回トライする、ということをしていた。

そうこうしているうちに、2017年末には1BTCあたり200万円近くまで価格が高騰。ビットコインを取り出せない古いスマートフォンは、ハルトにとってまるで触れることができない「呪いの金塊」のようになっていた。

「これ、持ってなかったら仮想通貨取引なんてやってなかったわけだから。御守りみたいなもん」

「ふーん。ビットコインの取引はそこそこ良かったみたいだけど、バーチャコインのほうは大損したよね」とエリナは笑みを向けた。

「出品完了っと」エリナはバッグを不織布で丁寧にくるんで化粧箱に納めた。後は売れるのを待つだけというばかりにそのままベッドに転がるように横になり、スマートフォンでインスタグラムかツイッターか、とにかく暇を潰し始めた。

初瀬は先ほどから〈バーチャコイン〉のことでエリナから少しバカにされているような気持ちになっていて、手に持っていた「呪いの金塊」を元のように引き出しの奥へと仕舞《しま》った後、ベッドの上のエリナを組み伏せるようにして、それからキスをした。

3

品川に程近い芝浦のオフィスビル群。この近辺《きんぺん》は渋谷に負けず劣らずの再開発が進行していて、近々新しい駅の名称も公募で決まるという。そこにあるオフィスの一室で、湯浅《ゆあさ》ユウスケはいくつかブラウザのウィンドウを行き来しながら、画面上に表示されたゲームのカードを操作し、ひたすら「これヤバイですね……これもヤバイ」と呟いていた。

窓の外に見える建設中のビル群を時折眺めながら、ジャパン・ネット・エンターテインメント・ゲーム・アソシエーション（J-NEGA《ジェイネガ》）所長の衡山《ひらやま》ヒロシゲは、ゲームに夢中になっている湯浅に声をかけた。

「うむ。結局、そのゲームはカードの勝敗で得喪《とくそう》が生じ、ゲーム内コミュニティで捌くことで仮想通貨と交換。取引所へ出金して現金化できるということで、賭博の成立要件を満たしている疑いがあるから問題である、ということでいいのかね」

衡山の結論を押しつけるような言い方に、湯浅は顔を上げて申し訳なさそうな表情をした。

「スミマセン、所長。ゲーム自体がそこそこ面白かったんで。ほとんどその通りッス。ただ、仮想通貨への出金は『今後実装予定』ってなってますね。あとフツーに仮想通貨の入金の仕様がクソで、入れた仮想通貨が吸われることがあります」

「んんっ。そういう厄介なこともあるのか。それもひっくるめて今晩中にまとめておいてくれると助かるんだが」

「ってことは、明日何かで必要なんスね。金融庁ッスか。警察庁ッスか」

「……まあ、そんなところだ」

衡山は言葉を濁して自席に戻ると、以前湯浅がまとめたレポートにあらためて目を走らせた。『仮想通貨を利用したネットゲームと賭博性について』と題されたそれは、いずれ仮想通貨とネットゲームの繋がりを問題視する政治家が現れたり、社会問題に目を光らせる官公庁から求められたりしたときに、従来ネットゲームが歴史的に辿ってきた類似の問題を含めて説明できるよう、コンパクトにまとめられたレポートだった。

*

ネットゲームは、その黎明期である20年ほど前から常にＲＭＴ《アールエムティー》という問題と隣り合わせであった。ＲＭＴとはReal Money Trading《リアルマネートレーディング》の略である。ゲームのキャラクターを介してアイテムの受け渡しをし、キャラクターの操作者はゲームの外で現金《リアルマネー》を受け渡す。二つの取引《トレード》をゲーム内外でそれぞれ成立させることでＲＭＴは完結する。

簡単な例で示すと、Massively Multiplayer Online Role-Playing Game《マッシブリー マルチプレイヤー オンライン ロールプレイング ゲーム》（多人数参加型オンラインロールプレイングゲーム）すなわちＭＭＯＲＰＧ《エムエムオーアールピージー》において、何万人ものプレイヤーのうち数人しか得ることができないレアな「勇者の剣」アイテムが実装されており、それを得たプレイヤーＡがいるとする。

そして別のプレイヤーＢは、あまりゲームに時間を割くことができず、到底Ａには追いつけない状態だとする。ゲームをそれほど遊び込んでいないから、プレイヤーＡの持つ勇者の剣とゲーム内での交換を持ち掛けられるほどのアイテム（例えばレアな鎧《よろい》など）も当然持ち合わせておらず、Ｂは現金を積んででもその勇者の剣が欲しい。

こういう場合、プレイヤーＢから「その勇者の剣をゲーム内で譲ってくれないか、現金10万円を振り込む用意がある」とゲーム内で会話《チャット》をして交渉を開始する。こんなところからＲＭＴは始まり、取引は進行していく。

ゲームのアイテムというのは、画面上のグラフィックに幾らかのパラメータがついたデータでしかなく、プレイヤーの手元に実体をもって現れることはない。そのデータについても、ゲームを運営する企業のサーバー内にあり、プレイヤーの手元の端末（スマートフォンやゲーム専用機、あるいはＰＣ）に永久に保存されるものではない。

ゲームをプレイし、ゲーム世界を他のプレイヤーと共有している瞬間にしか感じられない、現実とはまた違った「価値」が存在する状態だ。だから、そういった「形のないもの」を取引するという概念は、ゲームをプレイしない人には到底理解できないことかもしれない。

だが、ネットゲームが隆盛となるにつれて、非公式《アンオフィシャル》なビジネスとしてRMTを生業とする者たちが現れた。ゴールドファーマーという、レアアイテムの獲得を目的とし、ゲーム内で他のプレイヤーを押しのけるような迷惑行為を臆面もなく働き、アイテムを根こそぎ奪取して売り捌く集団だ。さらには迷惑行為を助長するようなチート用《いんちき》ソフトウェアを作成・販売する者や、挙句の果てにはプレイすらせずアカウントクラッキング等の不法行為によって他のプレイヤーから略取したりする者も現れた。その上RMTでは、アイテムをゲーム内で渡したのに現金が振り込まれなかったり、指示通りに送金したのにアイテムを受け取れなかったりするなどの詐欺が横行することもある。

こういったことから、ネットゲームを遊ぶ前に同意を求められる「利用規約」においては、基本的にゲームのデータは運営企業のものだという建てつけがされている。プレイマナーの上でもそういった現金化行為は認められておらず、禁止されていることがほとんどだ。

＊

衡山はレポートに記されたそのくだりを眺めながら、ここ20年の業界の流れに思いを馳せた。

ネットゲーム業界では、RMTに代表されるような混迷した状況やインシデントが発生する度に、社会の要請によってこれらに対処する必要があった。近年になってネットゲームビジネスの主戦場はPCからガラケーを経てスマートフォンとなっていたが、その間にも『コンプガチャ問題』や『未成年による高額支払い問題』などの課題が毎年のように現れ、〈JNEGA〉は業界団体としてそれらの解決に努めていた。ゲーム運営企業各社と連携をとって、セキュリティの向上や対策ノウハウの共有、プレイに関する不法行為撲滅への活動や、ガイドラインの整備、プレイヤーへの啓蒙活動などを着実に続けていた。

そして最近、それまでネットゲームの決済において主流だった有料ポイント（前払式支払手段）に代わって、ブロックチェーンによる『仮想通貨』を用いたゲームが登場したのだ。これは衡山のインシデントに対する直感を刺激した。

従来であれば、クレジットカード払い等で購入した有料ポイントはゲーム内で費消《つかいはた》されるにとどまったが、仮想通貨であればゲーム内に用意されたウォレットへ入金してプレイに用いるだけでなく、ゲームで遊ばなくなった時点で余ったものを仮想通貨取引所へ出金し、その後に現金化をすることができる。

この現金化というのは、RMTの例を出すに及ばず魅力的な仕組みで、もしゲーム内でプレイヤーから別のプレイヤーへアイテムと交換する形で仮想通貨の移動が行われるとしたら、これはRMTに類するものと考えられるのではないか。ゲーム内アイテムを集積して富を築こうとするプレイヤーも現れる。それに、野良ビジネスとしてRMTを行っていた業者たちと違い、仮想通貨取引所は国内では金融庁の厳しい審査を受けて登録された正当な事業者である。いわば「パブリックな換金所が先にある」状態だ。仮想通貨がどのようにしてゲーム内に持ち込まれ、どういうゲームシステムを経て、仮想通貨取引所へ出て行くか。目を配っておく必要がある。

衡山は自分の杞憂であればと願いつつも、起こりうることへの想像を止めることはできなかった。もしゲームと換金が結びつくことが常態となり、ゲームシステムに賭博の仕組みを取り入れたような好ましくないネットゲームが生まれ、世間に広がってしまったら——。

仮想通貨を用いたネットゲームが賭博の恐れありと疑われれば、IR推進法（特定複合観光施設区域の整備の推進に関する法律）で大揉めのギャンブルにまつわる問題が、ゲーム業界全体に飛び火することになる。それほど『仮想通貨《ブロックチェーン》ゲーム』というのは大きな炎上案件へと繋がりかねない代物《しろもの》だ。

法に関わるものだけではない。例えば「依存症」。日本の場合は、近年話題になっているスマートフォン依存について、ほぼコミュニケーションツールとしての常用がその実態であろうという感触があるとはいえ、詳細な調査を待たねばならない状況だ。だが、一部のカウンセリング商売を営む者にとっては格好の稼ぎ時となっていると考えられ、恣意的なデータが独り歩きし、そのデータを真に受けたメディアによって、中高生が何十万人単位でスマートフォンゲームに依存しているかのような表現での報道が行われ始めている。

こういった状況に、ＩＲ推進法でも紛糾していたカジノや、あるいは公営ギャンブルではなくとも愛好家がそれなりにいると考えられるパチンコ・パチスロも加え、すべて「とにかく眉をひそめたくなるような、お金を浪費するレジャーへの依存」として何から何まで一緒くたに語られたとしたらどうだろう——。

次々と連鎖するように思い浮かぶ懸念に、衡山は思わずため息をついた。

「所長。このネットのカードゲーム、おおよそのゲームシステムはわかったんで、適当にまとめて朝までにメールしときますよ。まだ確かめたいことあるんで、もうちょっとプレイしてみます。このゲーム、裏でマイニングさせられてるかもですねー。冷却装置《ファン》がムチャクチャ鳴ってるんで。その辺の検証は手間がかかりますし、所長は帰ってもらって大丈夫ッスよ」湯浅がモニタ越しに衡山に伝える。

「うむ、そうか。じゃあよろしく頼むよ」

＊

湯浅という男はまだ二十代前半で、おおよそ社会人らしい振る舞いとは無縁の世界で生きていたのを、何年か前に衡山がこの組織に誘ったのだった。

〈ＪＮＥＧＡ〉に加盟しているゲーム関連企業は１００社以上あるが、その中のある会社から「ゲームのヘビーユーザーからウチへ就職したいとメールがあったんですが、こういう時ってどう対応したらいいですかね。３００人規模のギルドマスターをしていて、自社サービスに詳しいといえば詳しいんですが……」と相談を受けたことが発端だった。

熱心なゲーマーがプレイしているゲームのサービス企業へスタッフとして採用されるケースは以前からあり、「ゲーマー採用」という言葉も存在する。だが、十数年前のネットゲーム黎明期ならいざ知らず、現在では上場している企業も増え、コンプライアンス上、自社ゲームを熟知しているからといってその他の選考が曖昧なまま即採用というわけにはいかない。

湯浅はその後、その会社の採用窓口を通じて他の応募者と同様に書類選考や面接を受けたが、合格することはできなかった。後で聞いたところによると適性検査などの結果が芳しくなかったのではなく、現場のスタッフが「プレイヤーとしてゲームに詳しい人が職場に入ってきても、面倒くさいヤツの確率が高そう」という何とも曖昧な拒否反応を示したのを受けてのことだという。

そういった経緯を聞いて、衡山は「もったいない」と感じた。

ＳＮＳ隆盛の現在では、就職や採用にあたっての齟齬がすぐに広まり、炎上してしまう。パワハラまがいの圧迫面接や、企業からアプローチしておきながら本人に志望動機を質問してしまうなどの事例がネットの話題になりやすい。そういったことを避ける意味もあり、上場企業同様にコンプライアンスが求められる分野であることから〈ＪＮＥＧＡ〉での採用活動にあたっては専門の人材会社《エージェント》を活用していた。１００社を抱える業界団体として、事務員一人を採用するのに危ない橋を渡る必要はないが、エビデンスが得られた上で適切な人材が得られるなら、それにこしたことはない。エージェントはオーダーどおりに湯浅へアプローチをし、氏素性その他の裏取りについては安全に行えた。

　果たしてスカウトされた湯浅は、衡山の予想を大きく超えて期待に応えた。ＭＭＯＲＰＧで３００人規模のギルドを束ねるというのは並大抵のことではないが、ギルドのほうはあっさりとサブリーダーに管理を任せて引退し、いちプレイヤーに戻った。慰留してきた仲間からは「ネトゲは遊びじゃねーんだぞ」と叱責されたが、「そういう世界を守る仕事も世の中にある」と〈ＪＮＥＧＡ〉のことには触れずに説明したため、サーバー管理会社か通信事業者にでも就職したのではないかと思われているのだという。

　今、職場の湯浅のデスクには、事務用のワードやエクセルといったビジネスソフトウェアのインストールされたＰＣと、調査に使う高性能なゲーム用ＰＣの二台が稼働している。ゲーム用ＰＣでは、様々なゲームをインストールしたり、場合によってはコンピュータウィルスへの感染が噂されるゲームを検証したりする必要が出てくる。そういう時に、隔離されているマシンでないと二次三次の被害が発生してしまう。分かれているのはＰＣだけでなく、事務所内ネットワークとＷＡＮ側の回線も同様であった。

＊

衡山は出がけに湯浅のほうを見遣ると、さっきまで画面に映し出されていたカードゲームのウィンドウはどこかへ追いやられ、そのゲームで使われている仮想通貨について書かれたいくつかのリファレンスページが開かれていた。明日の朝、衡山がここに戻ってくるまでには問題なく資料が完成していることだろう。

「……それにしても、仮想通貨界隈ってムチャクチャなんスね。バブルの上に、大規模盗難にあったコインパーチェスの社長だった人、失踪したって出てますよ。ぜってー消されてますよアレ」モニタのニュース記事を見ながら、湯浅はいう。

衡山は「そういう物騒なことを言うもんじゃないよ」という言葉を呑みこんで、事務所を後にした。

4

『元社長失踪！　コインパーチェス辞任後の足取り知れず』の第一報を「まとめ記事」として掲載したのはＩＴ系メディア企業〈ソーシャルコーホーズ〉だった。渋谷駅付近に最近建った真新しいビルの地上30階に、田場川《たばかわ》タイチロウの勤めるそのオフィスはあった。

「田場川さん、撮りますんでタバやんポーズ、お願いします」

取材に来ていた『週刊文旬』の記者である依永《よりなが》ヨウジがカメラを構えると、田場川は元気よく拳を突き上げて吠えるかのように大きな口を開けた。前までは実際に大声を出していたが、そのたびに並びの会議室に詰めているメンバーが驚いてクレームを入れてくるので、静止画で撮影される場合はポーズだけにしたのだ。

「あ、いいですね、もう一枚、ちょっと横から撮ります。っと、はい、ありがとうございます。オッケーです」

田場川は昨年までビジネスコンサルティングの会社を個人で経営しており、セミナービジネスや有料会員制メールマガジンの発行などを生業としていた。だが、田場川自身がビットコインや〈バーチャコイン〉で大きく利益を得て「億り人《おくりびと》」となるやすぐに話題となり、あれよあれよという間にビジネス書の執筆やテレビ番組のコメンテーターとしてのレギュラー出演がオファーされ、耳目を集めるようになった。運用しているオンラインサロンも常に満員で加入者はキャンセル待ちをしている状況。さらにはそこからの好循環でSNSのフォロワーが合計で数十万へと膨れ上がり、一挙手一投足が注目される存在となった。

そのメディア力に目をつけた〈ソーシャルコーホーズ〉が田場川をプロモーションマネージャーとして迎えたのは先々月のことだった。

「この前の新刊、読みましたけど、熱かったですね」

取材に使用していた会議室からエントランスホールへ向かう長い廊下を歩きながら、依永は揉み手こそしないが、明らかに時代の寵児に擦り寄るような態度でおべんちゃらを使った。この前の新刊とは田場川の著書『アドリーマン宣言！』のことだ。

田場川はビジネスコンサルティングをしていた時よりも以前に、大手広告代理店へ5年ほど勤めていた。高給取りと企業経営を両方経験した後、スカウトされてまた組織人へと戻ったことになる。メディア企業に所属する身でありながらも、その強固なソーシャルネットワークやリアルなコネクションを足掛かりにして自己価値を最大化させることを旨とし、またファンへもそれを説いていた。

ネットユーザーの間に自己啓発賞賛的ムーブメントが発生したこともあり、この新刊は大手書店のビジネス書ランキングで初登場首位を飾った。


「あれはあれで編集者の力も大きいってやつだよ。俺はいつものように喋っただけだって。口述筆記で小説を書いてる作家、いるだろ。あれに近いよ」と、田場川は新刊の店頭ポスターの写真などで見せるようなドヤ顔とは裏腹に、謙遜じみた発言をした。

「そうだったんですね。それにしたってタイトルのアドリーマンとか、『生きてるだけで広告だ!』なんていうキャッチフレーズも、斬新でした」

「まあね。そこにインパクト受けたって人は多いみたいで、しょっちゅうツイッターでリプライもらってるよ」

「ですよねー」

「自己価値を高めたところで、知ってもらわないとならんでしょう。自分の知り合いでゲーム作ってる奴がいて、『俺はクリエイターとは呼ばれたくない、ウリエイターだ』って言ってるのがいるんだけど。売れるものが作れる、数字がわかるってアピール。それと同じで、そういう感覚を代表させる言葉が欲しかったんだよ」

「インパクトあってわかりやすいっていうのはいいことです。そのウリエイターって言葉もいいですね。有名なゲーム作ってる人ですか？　もし機会あったら紹介してください」

「今度何かの機会《とき》に聞いておくよ。ゲームでも何でも、どんなに良いプロダクトができても広告しなければたったの一つだって売れやしない。アドリーマンってのは『玉磨かざれば光なし』の現代版だ。……っと、さっきのインタビューにこれ、追加しておいてもらえる？」

田場川はさっき録り終えたインタビューが〈ソーシャルコーホーズ〉の企業紹介に徹していたこともあり、少しでも自分の宣伝をねじ込みたかったのだ。

「抜け目ないなぁ、アドリーマンですもんね。入れておきます。今度はもっと田場川さん自身に肉薄するような企画がよさそうですね」

「そう！　そういうの頼むよ。企業紹介もそうだし、社長のスキャンダルもあったけど、そんなの全然面白くないいんだし」

「あー……。あれ僕じゃないんで、ほんとすみません」依永は頭を掻いた。

そもそも今回の取材企画は、以前『週刊文旬』が〈ソーシャルコーホーズ〉の社長とその恋人とのデート写真をスクープとして掲載したことに端を発していた。恋人というのが大手芸能事務所に所属する売れっ子の女優だったことから一揉めあり、最終的には芸能事務所が「ソシャコーさん（と略していたらしい）も文句さんも、仲良くやりましょうや」ということで、三者を収めたていになった。その「手打ち」の一環として、〈ソーシャルコーホーズ〉の企業紹介と、事務所がプッシュするアイドルグループのインタビュー記事にそれぞれページが割かれることになったのだ。読者にビジネスマン層の多い週刊誌であることで、田場川に白羽の矢が立ったというわけだ。

「あと田場川さん、コインパーチェスの社長だった倉石さんが失踪したって情報、知ってます？」

「え！？　俺まだ見てないけど、マジ？」

田場川はすぐ自分のスマートフォンの通知欄を確認し、自社のメディアに掲載されたばかりのそのまとめ記事に目を通した。

「インタビュー受けてるうちに掲載されたのか……。こんな近くに俺がいるんだからさぁ。確認くらいとりゃいいのに。倉石クンって、三日前にほら」

田場川はメッセージアプリの画面を出し、倉石との会話履歴を依永に見せた。共通の友人について、来週のバースデーに何を贈ろうかというような他愛のない会話で、特に失踪を匂わせるようなことは書かれていなかった。そしてそのまま田場川は「失踪って本当か？」とメッセージを送った。

「関連記事のリンクを辿ると、自殺未遂でそのまま失踪って書き込みがありますね。誰か張ってたかな。確認しないと」依永はニュースアプリの画面をスクロールしながら該当の部分を田場川に見せた。

「自殺って、来週の誕生日プレゼントのこと話してたやつが、死のうとするか?」

「本当かどうかまではわからないですよ、適当な書き込みだって多いんだし」

田場川はスマートフォンの画面をしばらく眺めていたが、さっき送ったメッセージはいつまでたっても既読にならなかった。

「そうなると、仲良かった奴に訊いてみるのがよさそうだな。アミリなら知ってるか」

「アミリって、あの麻布《あざぶ》アミリですか」

「そうだよ。意識高い系繋がり、ってやつ」と田場川は冗談めかしていった。

麻布アミリというのは、数年前にネットを席捲した「ブログの女帝」のことで、そこから美容、コスメやグルメを扱ったコミュニティ情報アプリをプロデュースして一躍時の人となった。モデルのように等身が高く、テレビ映えする美貌を誇っており一時期は民放の情報系バラエティ番組のレギュラーだったこともある。

それが、過去から蓄積された記事について、類似のニュース記事からの剽窃疑惑やステルスマーケティング《ステマ》の証拠をアンチによって晒され、あまりにもそれがネット中の話題となったため、顧客離れしないうちにアプリ事業を〈ソーシャルコーホーズ〉へ売却。それ以降は鳴りを潜めていた。当時の事業売却にあたって破格値がついたことから、美人でやり手のビジネスウーマンとして騒動後も根強く彼女を信奉しているファンは多い。

「彼女、今シンガポールで隠居してるだろ？　倉石クンが失踪したのが本当なら、案外身を寄せてたり」

「麻布アミリがシンガポールにいるっていうのは噂で聞いてはいましたが、二人って以前からデキてたとかなんですか。さすがにそれは知らなかった」

「確かコインパーチェス創業のときにアミリが協力してたはずなんだだよ、ユーザーインターフェースのアドバイザーか何かとして。デキてたかどうかまでは知らないけど。次に倉石クンに会ったら取材がてら訊いてみなよ『アミリのこと、抱きました？』って」

「そんなこと聞けるわけないじゃないですか。僕は当時メディアのプライドをかけて、あくまでも剽窃やステマ活動をディスってただけであって、本人の人格やプライベートまでは踏み込みませんよ」

「あの@Ben-Kei《アットベンケイ》がねぇ。『ネット弁慶ならぬアットベンケイが、世相を斬る！』ってフリの割《わり》に、単なるディスり芸だったからなぁ。匿名アカウントって時点であれはどうかなって思ってたけどね」

「会社に迷惑かけたくないですし、僕は文句の仕事とネット活動では線を引いてるつもりです」

「いずれ本名バレ、顔バレした時に、厄介なことに巻き込まれないようにしておいたほうがいいよ。ただでさえ週刊誌のスクープに敏感な人たちっているから。古い世代の人は炎上に対する耐火力みたいなのに欠けるもんだし」

「ありがとうございます。気をつけます。もし倉石さんの足取りわかったら、こっそり教えてもらえますか。案外そこから大きいのが釣れたりするんで。シンガポールにいたら国際部のやつに行ってもらうしかないけど」

「仕事じゃなくても観光でいいから自分で行ってこいよ。国がビジネスでデザインされるってどういうことか、体感できるから」

「そんなヒマもカネもありませんって」

「だろうな、忙しそうだし。ま、いいや。さっきのインタビュー記事、できたらチェックは広報に回しておいて」

「了～解」

依永はおどけた感じで敬礼をして、エントランスホールから出て行った。

*

依永を見送った後、田場川はホールの大きなソファに腰掛けてスマートフォンを操作し始めた。相変わらず既読にならない倉石とのメッセージ欄から画面を切り替えると、サイバーセキュリティ向上キャンペーンのバナーがでかでかと表示された。興味本位でそれをタップすると、重々しく仰々しい感じでクラッキング被害への恐怖を煽るような動画が再生され、最後はフィッシングサイトや詐欺の勧誘をしてくるアカウントに気をつけようという、アイドルによる明るい雰囲気のメッセージが流れた。

確かこのグループ、〈黄泉比良坂《よもつひらさか》47〉といったっけ。最近メジャーになってきたアイドルの中でも相当いい数字を持ってるはずだから、今度広報に何かのキャンペーンで使えないか訊いてみよう――。

そんなことを思いながら、田場川は何年かぶりに麻布アミリへメッセージを送った。


――ピコーン。


軽快なサウンドとともにすぐにメッセージは返ってきた。すでに複数人から倉石の失踪についてメッセージを受け取っていたようで、むしろ日本の状況を聞きたいくらいだという。倉石から何らかの連絡が入れば、すぐに教えると書かれていたが、その直後にアミリが送ってきたメッセージは、田場川の「ビジネスの勘」をくすぐった。

『今度シンガポールの仮想通貨取引所に私が関わってる新しいコインが上場するんだけど、興味ある？』

5

倉石の失踪について不安や懸念を抱いていたのは、知人やＩＴ業界の面々だけではなかった。

夜の帳《とばり》が下りた頃、神楽坂の料亭でＺ民党議員の武壱《たけいち》タイザンは、先刻秘書から聞いていた倉石失踪のネットニュースの内容について、向かいに座る丘田《おかだ》に質《ただ》した。

「あの仮想通貨やっちょった若いの、消えたんか」土佐訛《なま》りが残る重い口調で睨《にら》みつける。

「……っ、お耳の早い。Ｄ坂のビルに入ったところまでは監視の者が見張っていたのですが、その、てっきり飛ぶかと思ってその場を離れたということで……」

丘田は恐縮しながらぼそぼそと話を続けた。〈コインパーチェス〉を買収したＹ証券の役員である丘田は、倉石に監視をつけ、彼の動きにおかしなところはないかという報告を日々受けていた。

「飛ぶら、縁起でもないこと言うな」窘《たしな》めるように武壱がいう。

「しっ、失礼いたしました。足取りを追わせていますが、自宅にも戻っていないようでして、まったく行方がわからず……」

相変わらずしどろもどろに説明する丘田に呆れたように武壱は大きくため息をついた。

武壱は老齢ではあるが、常に新しいものに鋭く目を光らせていた。新技術に制度がまだ追いついていない時や、誰もが様子見で動けない時にこそ商機があると考え、「カネを生まぬ資金は死金《しきん》」とばかりに、80年代の不動産バブル、90年代の失われていたはずの十年、そして00年代のＩＴバブル……。こういった経済的にダイナミックな変化のあった局面をも見事に乗り越え、莫大な金を手に入れていた。それに伴って強固となった政治基盤から、次期与党総裁との呼び声も高かった。

「まあ、えいですき。あいつはまだ株売ったカネも手に入れちょらんのじゃろ」

「はい。Ｙ証券で買った彼の持ち株、手続きは進んでおりますが、それはまだでございます」

「ほっといたらしれっと現れるんやないか。カネは要るじゃろ。いずれにしても大人しくしといてもらわんとな。ほら、のーな週刊誌。大砲がどうとか」

「大砲……文旬砲、ですか？」恐る恐る丘田が訂正混じりに訊く。

「そうそう、週刊文旬。ああいうのに嗅ぎ回られたら面倒やき。あの若いのが何も知らんかったとしても、それでも根掘り葉掘りやられるうちに、回りにも気づくやつが出てくると考えて動けや」

「そうですね。極力、先生に関することは拾われないよう、張っておきます」

「ほいたら、次は何だったか。おんしらあが熱心に投資を勧めゆう……」

「ギャンブルゲームですか」

「あほ。もうそういう短絡的な呼び名はやめろと言うたがじゃ。ＩＲ推進法の審議で国会は紛糾必至。ギャンブルのギの字も出さんがえい」

「すみません。その……ゲームですが、正式名称が『トレーディング・ファンタジー』に決まりまして、もうすぐ世に出るかと」

「確か、サークル何とかいう会社だったか。たまたまテレビでコマーシャルを見たが、ああいう裸みたいな女の絵で儲けて、変なところから刺されんようにだけはせえよ。これからが大事なヤマやき」

「はい……確かに最近、ジェンダー表現に対して活発に物申す議員さんもいらっしゃいますしね」

「あの女傑か。まあ、えい。取引所は金融庁が締め付けちゅうが、仮想通貨そのものはまだまだやりようがある。ＦＸの時もそう。賭け事以外に夢が無いんがこン国よ。電話《スマホ》のゲーム商売《ビジネス》は子供騙しのクジ引きだと他の議員連中がまともに取り合わん割に、まだまだ儲けちょる会社がこじゃんとある。仮想通貨と組み合わせたら、踊らんやつはおらんじゃろ」

「先生のご慧眼《けいがん》にはただただ感服いたします」

「昔から何一つ変わったことはしとらん。誰かがやり始める前にやる。誰かと誰かが揉めちょる時にやる。誰もがやり始めたらやめる。それだけ」

　それから半刻《はんとき》（約1時間）ほど武壱と過ごした丘田は、料亭を後にするハイヤーを見送った後、深々と下げていた頭をゆっくり起こしながら倉石のことを思い浮かべた。

一体どこへ消えたっていうんだ――。

武壱はあまり気に留めていない素振りだったが、それは腹芸で「気に留めていない俺へ、現実のほうを近づけろ」という意味だ。徹底的に足取りを追い、一抹の不安も無いようにしなければならない。それこそが丘田がすべき武壱への最大の忖度《そんたく》だった。

*

Y証券でなされた〈コインパーチェス〉の買収について、当初の絵を描いたのは丘田であった。

当然、仮想通貨流出は想定し得ない出来事であったから、事件で窮地に陥った取引所を救出劇さながらの登場で買収するのではなく、徐々にY証券グループの子飼いとなるよう経営を掌握していくというものだった。

ヘッドハント会社と示し合わせ、出資先で羽振りの良いゲーム系ベンチャーの〈サークルフェニックス〉を受け皿に、〈コインパーチェス〉から主要なエンジニアや現場マネージャーを引き抜き、並行した採用で手の者と入れ替えていく。〈サークルフェニックス〉は、なまじ現行のゲームサービスが盛況で新作に充当する人員が足りていなかったことと、新作にはブロックチェーンや仮想通貨に明るいエンジニアが必要だったこともあって、これによって〈サークルフェニックス〉はゲームプロジェクトの成功確率が上がる。

外堀を埋めるにあたっては、息のかかった広告代理店を使ってテレビCM等費用のかかるマーケティングへと誘導し、必要なカネはY証券グループのVC（ベンチャーキャピタル）が第三者割当増資を引き受け、持ち分の比率を上げていく。グループのVCの実績もつく。

Y証券内にはこのまどろっこしい進め方を嫌って、一気に買収すべきだという意見もあったが、武壱が丘田の後ろ盾になっていることから、〈コインパーチェス〉については丘田に任されることになった。

だが、仮想通貨流出事件までは想定していなかった――。


仮想通貨流出が発覚した時、〈コインパーチェス〉の倉石から最初に報告と相談を受けた際の、あの憔悴しきった声は今でも思い出せる。その時、丘田はネットのセキュリティについて今以上に門外漢であったから、せいぜいコンピュータウィルスかスパイ映画に出てくるような凄腕ハッカーによる不法侵入しか思い浮かべられなかった。受話口から流れてくる陰鬱な倉石の言葉を聞いたところで、すべての計画を台無しにしかねない何かが起こったという暗澹たる感覚ばかりが頭の中に響いた。

Y証券内では、丘田からの報を受けて即時にタスクフォースが組成され、問題を詳らかにしてリスクシミュレーションを行った。その結果、事態の収束を待つことなく即時に買収し、事業の安定化をY証券主体で行ったほうが企業価値を毀損せず、その後の営業へのダメージも最低限にできるという試算となった。

それで、まずは買収の方向性は伏せつつも、倉石の周辺につけておいた役員や顧問弁護士を通じて当座の問題を処理させることとし、テレビCMの一斉ストップ、そしてあの緊急記者会見が即日開かれた。

後日、Y証券グループとしてコインパーチェスを迎え入れるというプレスリリースやニュースがいき渡ったあたりでルーモア調査をかけたところ、タスクフォースのシミュレーション通り、仮想通貨の主な利用者であるネットユーザーからは「好感触」という結果が出ており、顧客の流出も目立って発生しなかった。そこで初めて丘田は胸を撫で下ろしたのだった。

もちろん、狭き門となってしまった金融庁への仮想通貨取引所登録というタスクは残ったが、すでにY証券から送り込んだ現コインパーチェス社長に引き継ぎ、任せてある。一年以内には立て直しと正規の仮想通貨取引所として運営が可能になる筈だ。

逆に仮想通貨流出事件だけが起こらず、当初の計画通り進行していた場合のことを考えると、いつ仮想通貨流出が起こるかわからない社内体制で、厳しくなりゆく金融庁の審査をくぐり抜けられるとは到底考えられず、人間万事塞翁が馬というのは本当にあるものだとさえ丘田は思っていた。

＊

帰路、タクシーに乗り込んだ丘田はポケットからスマートフォンを取り出して、〈サークルフェニックス〉のプロデューサーである寺嶋《てらじま》テルオへ電話をかけた。

「ああ、寺嶋さん？　丘田です。ギャンブルゲーム、順調？」

武壱に先ほど窘められたにも関わらず、丘田の中では新作ゲームの〈トレーディング・ファンタジー〉は「ギャンブルゲーム」だった。

「ええ、開発はほとんど終わってると前に言った通りで、今はテスト期間なんですが、ちょっと問題が出てきていて」

「何、問題って。アプリでもバグった？　センセエも期待してんだから、しっかりしてよ」

とにかく開発者が困っていたら「バグが出た」くらいの認識であった丘田は、最近寺嶋と会話する時に「バグった？」を多用し、煙たがられていた。

「スマホアプリの審査が厳しくなって、最近ブロックチェーン系がリジェクトされてるっぽいんですよ」

「審査って何？　金融庁関係ないだろ」

「それじゃないです、取引所のことじゃないんで。ゲームに使われるコイン、シンガポールの仮想通貨取引所でのICOは問題ないって何度も直接そっちへ説明があったと思うんですが。それより、スマホのストア……っと、OSってわかります？」

「なんだよ、OSって、基本ソフトだろ。それくらい知ってる」

そう答えはしたが、丘田自身、所持しているスマートフォンにもOSがあり、この世界で最も採用されている〈ウインドブロウズOS〉のほか、iOS《アイオーエス》やアンドロイドOSなどがあることすら知らなかった。

「スマホでアプリを出すには、そのOS会社の審査を受けなきゃいけないんですよ。で、仮想通貨系のアプリで、海外で行儀がよろしくないのが結構でたアオリで、ブロックチェーン系がヤバイっていうか」

「意味がまったくわからん。そっち行って何かアドバイスできることあるなら行くけど？」

「ええっと、こっちでなんとかしてるところで。丘田さんが見てどうにかなるもんじゃないんで」

「そうか。とにかくセンセエに、もうじき出せますって言っておいたから、よろしく」

終話ボタンを押す直前、受話口の向こうで寺嶋のため息が聞こえた気がした。

6

時期を同じくしてシンガポールのコンベンションセンターで開かれていたのは、ＩＴベンチャー企業幹部などの「意識高い系ビジネスパーソン」を対象としたブロックチェーンがテーマのビジネスイベントだった。

夜空が広がる高層レストランのオープンスペースで、客船の甲板を模したウッドデッキのテーブルを囲み、麻布《あざぶ》アミリは東京から来た友人たちとディナーを楽しんでいた。シンガポールに居住しているアミリにとってはチリクラブもチキンライスも食べ飽きていたが、遠路はるばるやってきた友人の希望とあれば我儘《わがまま》も言っていられない。

チリクラブを「食べづら～い」などとキャッキャいいながら殻をむいているのは、ここ数日滞在しているＩＴ系ビジネスマンの「彼女さん」たちだ。彼氏を追ってきたなどという健気な理由ではなく、何かにかこつけてシンガポールに来たかったという風情だった。

元々は「どっかにお金持《い》っ《い》てて面倒《お》くさ《と》くない人《こ》いないかなー」という需要と「都合《い》が良《い》くて後腐《お》れ《ん》ない人《な》いたら紹介しろよ」という需要とを、互いに繋ぎ合わせただけなのだが、それはそれで感謝もされるし、こうやって何かにつけ頼ってくれるのは嬉しい。

日本にいた頃に味わったネットでの炎上とは対照的に、アミリの身近に集《つど》ってくれる人からは、何かを悪く言われたことは一切なかった。もちろん、友人たちの中には内心で嫉妬を抱えているような人もいるだろうが、それを表に出して良いことなど一つとして無いということを皆がよく知っていた。誰もがわきまえている、それだけで居心地の良いコミュニティでもあった。

＊

あの頃、関わったメディアの剽窃騒動が起こった際に誹謗中傷をしてきたのは、会ったことも見たこともない、ましてやアミリのやっているセミナーやサロンに参加したことすらない人々だった。ネット弁慶だかを名乗る匿名のアカウントは執拗に、インターネットメディアの権威が失墜したという持論をぶつけてきて辟易した。論調からすると相手はレガシーな週刊誌の編集者かライターだろうと予想できたが、名誉毀損で訴えるエネルギーを考えると、ほとぼりが冷めるまで適当に過ごしていたほうが良いと感じた。

人の噂も七十五日と昔の人はいったようだけれど、ネットの炎上はもっと早い。適切なタイミングで早々に謝罪し、ＳＮＳのアカウントは削除。チャットのグループだって、誰がスパイかわからない。うっかり何かを批判した会話をチャットでしようものなら、そのスクリーンショットがメディアに提供されてしまう。本当に信用できる人はどんな手段でも連絡をつけてくるはずだし、必要ならこちらから連絡をとればいい。一旦、全て消去して人間関係をリセットしてしまうことのメリットのほうが大きかった。

そうやってうまく鳴りを潜めていれば、二週間くらいで別のことが話題の中心になっていく。誰もが「無料で叩けるレジャー」の都合の良いサンドバッグを探して虎視眈々としているだけで、叩く爽快感の無い相手だと感じると、すぐに別の相手へと標的を変える。いじめと同じ構図だ。そんなネットでの「糾弾ごっこ」に芯の通った正義なんてあろうはずも無い――。

加えて、アミリがシンガポールに住み始めたのを「租税回避」だとする無知な批判やそれに賛同する意見を多く目にしたのもバカバカしかった。数年前のいわゆる出国税（国外転出時課税制度）が実施される前ならいざ知らず、今から移住して国税庁の追及を逃れられると思うような能天気さなど持ち合わせていない。納める税金はきちんと納める。

ネットだけで情報を得ているような人は「自分の感情に寄り添ったものだけ存在していてほしい」というバイアスがとてもかかっている。匿名で批判をぶつけてくる人は、安全な位置から社会の価値観に反するものだと騒ぎ立て、警察や税務署といった自分以外の誰かに懲らしめてほしいだけなのだ。

何も悪いことをしていない私が、一体誰から懲らしめられる理由がある――？

アミリがかつて「ブログの女帝」として君臨できていたのは、価値観が過剰に賞賛されたのでもなければ、「こういうのが好きなんでしょ？」という情報の送り手にありがちな傲慢でもなかった。

素直に皆がほしいもの、サービス、そして読みたい記事を提供できていたからにすぎない。

剽窃というのは他人のオリジナリティを奪い、踏みにじる行為だというのは十分に理解している。ネットメディアの権威が失墜するとまで責められるような騒動を起こしておいて矛盾しているかもしれないが、他人を食い物にしたという意識はない。

むしろ、炎上したということは「万事が上手くいっているようなヤツは俗物で卑怯者であってほしい」という、野次馬たちが欲しくてやまないイメージを提供できていたことになる。それに気づいた途端、急に気が楽になったし、前向きになることができた。

色々な人に迷惑をかけてしまったとは思う。思うけれど、私は悪くない——。

いつもアミリはそう思っていた。

*

「アミリって仮想通貨とかやってないの？」

皆がチリクラブの解体に夢中になっているると思い込んで過去へ思いを馳せていたアミリは、突然の質問に我に返った。

「自分で運用してるかどうかってこと？」

仮想通貨を持っているといったところで、「年末年始で儲けることができたのか」とか、「最近の値下がりで損をしたのか」とか、フレンドというフレンドから飽きるほど質問されていた。

それに、最近は日本で取引所の〈コインパーチェス〉をやっていた倉石くんが失踪したということについても散々訊かれていて、それにもうんざりしていたところだ。

今更、私が知るわけないじゃん、一度SNSも連絡先も全部削除してしまったんだし。確かに何年か前からの知り合いだけど、ビジネスの戦友みたいな感じ。〈コインパーチェス〉の立ち上げのときは励ましあったりしたことはあったが、恋人だとかときめきだとかそういう関係では……きっと、ない。セックスは何度かあるけど——。


だが、今日の質問はそういうものとは少し違う雰囲気だった。彼女たちが本気に溢れている時は、何かが身近に下りてきた時だ。

「アミリだったらビットコインくらいやってて当たり前なんでしょ。そうじゃなくて、経営してる会社で仮想通貨自体を作ったりとか。そういうやつ。明日からのイベント、仮想通貨ビジネスのプレゼンばっかりっぽいってトモくん言ってたから」

トモくんというのは、彼氏のことをそう呼んでいるのだろう。

コンベンションセンターで行われるイベントについては仕事柄、もちろん熟知していた。

「うん。やってる。自分で持ってるのもあるし、それなりに投資してるのもね。それはそれとして、公開前の今準備してるやつ、企画段階から関わったりもしてる」

「それって、今買っておいたら、あとで上がるの？」

ストレート過ぎる質問に、アミリは思わず苦笑する。

「直球すぎ。上がるって言って買わせたらダメなんだから。金融商品じゃないものを金融商品みたいな説明して売ったら、準備してる人たちにも迷惑かかる」

「迷惑になるくらいそんなに身近にたくさん関係者がいるってこと？」

身を乗り出すようにアミリの話に聞き入ってくるあたり、とても興味がある様子だ。

「新しい仮想通貨を開発して、仮想通貨取引所に上場させることをＩＣＯ（イニシャルコインオファーリング）っていうんだけど、パブリックセールになると一般の人でも買えるから、その時に大体の仮想通貨は値が上がるよ。最初はみんな買うから」

あくまで一般論として、とアミリは念押しに付け加えた。

「株の上場と一緒ってことだよね？　だったら未公開《プライベートセール》のやつ、今から買える……？」

「そんなに欲しいの？」

「去年、ビットコインとバーチャコインやってなかったのをトモくんも後悔しててさぁ。次のコインの情報が手に入ったら、買っておいて結婚資金にしようって」

出たよ惚気《ノロケ》。そんなお気楽な感情で重要なビジネスに触られたらたまったものじゃない――。

「上場時に流通できるコインの量は上限が決まってるし、関係者が最初に持ってるといってもちょっと特別なことにたくさん使う予定があってね。その後マイニングで追加されていく量も少しずつ。パブリックセールになっても売りが殺到しない限り、急に価値が薄まっちゃうことはないと思うから」と適当に済ませる。

「知り合いで仮想通貨やってた人いるけど、使おうとしても使うところが無くてずっと持ってるっぽい。持ってるだけで下がってくなら、どこかで使ったほうがいいと思うんだけど、その新しいコインは何に使えるの？」

「今私が関わってるのは、ほぼ専用のゲームが同時で開発されてる」

「ゲーム？」

「ゲーム。そっか……みんなあんまりしないからピンとこないよね」

「うん。何年か前にぬいぐるみみたいなの並べるパズル流行ったじゃん、あれみんなやってて超ハマったときあるけど、今はやってないなー。ヤミマに出てる品物を眺めてるほうがショッピングみたいで楽しい」

「ヤミマ、楽しいよねー。アミリが前にやってたアプリの記事も楽しかったよー」

横から口を挟まれる。見ると彼女はきれいに蟹を食べ終えていた。

そんなにきれいに食べていたから今まで会話に入ってこなかったのか――。

実のところ、〈ヤミマ〉もアミリが関わっているサービスプロダクトだった。二番煎じではあるが、以前流行っていたフリマアプリが上場に伴うコンプライアンス遵守でユーザーにとって使いにくくなることは目に見えてわかっていたので、ベトナムの会社を使って類似のアプリを作らせて、日本の下請け会社に運営や流通、カスタマーセンターといった業務を任せられるようコーディネートしておいたのだった。

UIや動線は得意としているところだし、〈ヤミマ〉使いやすく眺めているだけで楽しいのは私《アミリ》が作っているから当然だ――。

アミリには、コスメ情報のアプリ事業も手放したとはいえ、当時のどんなアプリよりもユーザーの心を一番掴んでいたという自負があった。

「あのアプリ、アミリじゃない会社に運営が変わってから見づらくなったし。あと何だっけ、チョサクケンホー？　なんか記事が薄くなった」

「広告臭いよねー。ぜんっぜん見なくなった」

〈ソーシャルコーホーズ〉に売却したコスメ情報のアプリは、その後のアップデートで使いづらくなって彼女たちは使うのをやめてしまったということなのだろう。アミリがやっていた頃は、内容の吟味だけでなく、一段落でどこまで読ませるか、タップした後にどういう記事があるべきか、さらに字詰めやルビの振り方すらこだわってデザイナーに指定していた。「京極夏彦みたい」と誰かにいわれたが、京極夏彦というのが何をしている人なのかアミリは知らない。


「もし、アプリで私の作ったコインが使えるようになるんだったら、やっちゃう？」

マーケティング活動のつもりはないが、触感だけでも反応をみておく。

「コインの値段上がったら得するんでしょ、それならいい」

「そうそう。値上がりした分を使って何か買えば、無限にできるじゃん。お金に換えることもできるんでしょ？」

「たぶん日本で換金することは難しくなっていくと思うけど、シンガポールの取引所でビットコインかイーサリアムに換えてから、日本円で取り出せばいいよ」

「そういうこともできるんだ」彼女の瞳がきらめいて見えた気がした。

「ゲーム内で取引ができるようになってて、ゲーム内で貴重《レア》なアイテムの価値はどんどん上がっていくから、ゲームをちょっとやっていいアイテムが手に入った人のところにコインがどんどん集まっていくって感じなんだよね」

「あー、わかる。ウチの弟がさぁ、アイテム欲しくてバイト代の貯金を全部ゲームに使って、父親に怒られてたんだよね」

「弟さんって、高校生じゃなかった？　いくら使って怒られたの」アミリは訊いてみた。

「……20万」

自分のことではないのに申し訳なさそうに答えた友人が少し面白く感じた。世が世なら愚弟が浪費してすみませんと謝る場面なのだろう。

「マジウケる」

こういう失敗談は笑い飛ばすべきだとばかりに、みんな笑い始めた。

「父親そういうのすごい厳しいから、速攻はり倒されて。そのあとウチの弟、ガチャでコーリンがシューカイに要るからとかガイネンレイソーがとか、わめいてて何言ってんのかわかんなかった」

「そういうお金が仮想通貨になってゲームの中に入って、値上がりに関係してくるのすごくない？」

20万円をゲームに使う人が実在するというエピソードだけで、仮想通貨が使えるゲームの可能性にリアリティが増し、話に花が咲く。

「こないだスマホ依存症ってテレビでやってたし、そんなゲームみんなやったら日本終了じゃん？」

「終わる終わる。アミリのコインで日本終わるわ」

別に私だけのコインってわけじゃないんだけど、とアミリは思ったが、友達同士でディナーとお酒でする会話の流れなんてこんなものだ。

「ねえ、その今度出るゲームの名前、何ていうの？」

「『トレーディング・ファンタジー』だよ。日本でCMを打つはずだから、すぐ有名になると思う」

おそらく、彼女たちは〈トレーディング・ファンタジー〉がリリースされたら、コインも買いつつ、きっちりアイテムを売買しながらうまく稼ぐことを考えるはずだ。なにしろ、かつてコスメ情報アプリをアミリが運営していた時、全体のアフィリエイト売上の五割は、このテーブルにいる友人たちへ配分されたほどなのだから。

「ねー、さっきの蟹の写真、いいね1000くらい速攻でついたわー。蟹すごくね？」

インフルエンサーも、かくや。

＊

レストランを出てから友人たちが泊まっているホテルまでの間、とりとめの無い話をした。ロビーのラウンジに着くと、二人くらいの「彼氏」がゆるく手を挙げた。彼らは明日からのイベントが本番なのだろう。

今宵は恋人同士でナイトサファリでも行ってくるといいよ——。

友達付き合いから解放されたその時、アミリのスマートフォンへメッセージが届いた。

タバやんさんじゃん――。

倉石の消息について尋ねるメッセージに、またかと小さくため息をつきながらも、ビットコインで億り人《おくりびと》となった彼にならば話してもよさそうだ。アミリはそう思い、新しいコインの情報を少しだけリークした。

【平成最後のＩＴ事件簿】①ビットコインの熱狂と仮想通貨流出事件

２０１４年３月、仮想通貨取引所『ＭＴ・ＧＯＸ《マウントゴックス》』において、不正アクセスにより85万ビットコイン（当時の価格で１４２億円相当）が流出した。

それから４年が経過した２０１８年。年明けから世間を震撼させたのは、約５８０億円分にのぼる仮想通貨ＮＥＭ《ネム》が、仮想通貨取引所『CoinCheck《コインチェック》』から不正流出した事件である。２０１７年末にはビットコイン価格が１ＢＴＣ《ビットコイン》あたり２００万円台へと急騰しており、「仮想通貨」自体が国内で話題となっていた時期であった。この事件に前後して金融庁から仮想通貨交換業者７社に業務停止命令や業務改善命令といった行政処分が行われた。交換業者としての登録申請を取り下げた事業者もあった。

だが、次々と仮想通貨に関する不正流出事件が発生し、９月には交換事業者『Zaif《ザイフ》』が67億円相当の不正送金被害に遭ったほか、ウォレットサービスの『Monappy《モナッピー》』でも「モナコイン」１５００万円相当の不正出金があった。このモナッピー事件に関しては、２０１９年３月に18歳の少年が電子計算機使用詐欺の疑いで書類送検された。そのほか、有名タレントが広告塔となった仮想通貨でＩＣＯ後に大暴落するという件があり、その不審さから様々な噂が週刊誌等を賑わせることとなった。

　こういった背景のもと、金融庁は２０１８年末に「仮想通貨交換業等に関する研究会」全11回の討議結果について報告書を公表。これを受け、２０１９年３月には仮想通貨取引についての規制強化策を盛り込んだ資金決済法と金融商品取引法の改正について閣議決定された。将来的に適正な市場となることが期待されるほか、「仮想通貨」という呼称は「暗号資産」に変更された。

　なお、コインチェック事件について、巨額の行方や犯人像、その手口についての具体的な情報は一年が経過しても報じられることはなかった。だが、国連安全保障理事会が２０１９年に「朝鮮民主主義人民共和国（北朝鮮）のハッカーグループが仮想通貨の奪取をしており、そこにコインチェックやザイフから流出した仮想通貨が含まれている」というロシアのセキュリティ企業による報告をレポートに掲載して衝撃を呼んだ。

第二話　遊戯

1

5月の連休の最終日。秋葉原のイベントホールで開催されたアイドルフェスタで〈黄泉比良坂《よもつひらさか》47〉のメンバーたちが、控室で夜の部が始まるまでの休憩をとっていた。

「え、何みんなそれ、スマホのゲーム？」

江ケ崎《えがさき》エリナは、他のメンバーがスマートフォンを横持ちにして熱心に何かを始めたので尋ねた。

「そうだよ。エリナもやろうよ、ヤガイコーイ。すごくハマるって」それだけいってチームメイトのマフユはすぐまた画面に視線を落とす。「ヤガイコーイ」とは最近話題のゲーム〈野外行為：Field《フィールド》 Unknowns《アンノウンズ》 Casual《カジュアル》 Killing《キリング》〉のことだった。

「マフユちゃんがゲームやるとか、珍しくない？」

「始めたの二日前だし。それにファンサービス《ファンサ》にもなってるから」

「ゲームするのがファンサービスになるって、それ、オンラインでボイスチャット《ボイチャ》なんだ」

「うん。今はもちろんマイクＯＦＦにしてるけど」

エリナが覗き込むと、どうやらそれはＴＰＳ（Third Person Shooting《サードパーソンシューティング》）のようだった。マフユは他のプレイヤーを見つけては淡々と照準を合わせ、ライフルで仕留めていった。

「１００人で、対戦だから、推しがいるからって、入ってくる人、いるんだよ。でも、バトルロワイヤルだから、知り合いでも、殺しあう」

気が抜けないのか、マフユはまるでテレビに出ている戦場カメラマンのタレントみたいに言葉を区切りながら答えた。

「そっか。じゃあ、あたしもやってみようかな」

『野外行為』なんて名前、ちょっといやらしいゲームなのかと勘違いしそうになった。わざとそんなネーミングにしてあるのかな――。

そんな感想を抱いたことは黙っておきつつ、エリナはスマートフォンでアプリストアのアイコンをタップし、〈野外行為〉を検索した。すると画面の上方に、近日配信されるアプリの予約バナー広告が大きく現れた。アプリストア内では、検索したアプリに似たアプリの広告が表示されるようになっていてアプリ企業各社が「客を奪う」ことに必死な様子が窺える。バナー内のきらびやかなロゴには『トレーディング・ファンタジー』と書かれていた。

こっちのほうが面白そうかも。アイコンの絵もきれいだし――。

そのゲームは〈野外行為〉のように、大人数が同じフィールドに送り込まれ、そこでバトルロワイヤルをするゲームのようで、物騒な銃器や爆弾ではなく剣と魔法がフィーチャーされていた。

予約ボタンをタップしようとしたその時、控室のドアを誰かがノックした。

「みんな、いる?」マネージャーの野館《のだて》の声だった。

「はーい」

エリナ以外は、みんな画面から目を離さないまま生返事をした。

「入るね」

野館が控室に入ってきた。エリナの住んでいるマンションについて「オートロックがあっていいね」といってのけた牧歌的な人物とは彼のことだ。

「なんだ、みんなそのゲームやってるのか。他のメンバーもそれ、やってるんだよなぁ。でも、今日から禁止ね」

「えっ?」

皆が口々にいう中、特にマフユは「おととい始めたばかりなのに」と付け加えた。

「それのライバル会社の仕事なんだけど、今度出るゲームのイメージキャラクターに……黄泉比良坂47が選ばれました」と野館はもったいつけた口調でいった。

「マジすか?」

さすがに新しい仕事の話とあってはゲームをしながら聞き流すことはできない。「ボイチャOFF

にしておいてよかったー」と、それぞれバトルロワイヤルの戦線から離脱した。

こういう多人数参加のゲームは、プライベートの時間を使ってボイチャしながらゲームすることで、マフユがいっていたようにファンサービスにもなる。一時期流行した双方向のビデオチャットのようなアプリでファンとコミュニケーションをとろうとすると、変な人に絡まれたり、画面に映るものから何かを特定されたりということが有り得る。だいぶそういうノウハウも貯まってはいるけれど、手軽ということで多人数ゲームのボイチャを好んでいる子もいる。もっと凝ったことをするアイドルは、実況動画と組み合わせて、ワイプ風に自分の顔も入れながらゲーム実況動画を配信したりするが、さすがにそこまでできる機材を持っているメンバーは少ない。いろんな意味で、スマホ一台でできるバトルロワイヤル系ゲームのボイチャは「有能」だ。


マネージャーの野館は「今朝ここに来る前に受け取ったばかりなんだけど」と広告代理店が作った資料を見せてくれた。

「あれ、そのゲーム、これですよね?」

エリナは〈トレーディング・ファンタジー〉のバナーが表示されているストア画面を見せた。

「ああ、それだよ。たまたま?」

「はい、たまたま見てたんです」

「すごい広告予算《バジェット》が出てるみたいでね。ちょっと忙しくなるから、そこは覚悟してね」

「ゲーム実況とかですか？」

「きっとそれもあるけれど、関連したイベントや、そこの会社がスポンサードしてるテレビ番組も始まるとかで……地上波だよ、それのレギュラーとＣＭも」

「レギュラー！？」

〈黄泉比良坂《よもつひらさか》47〉は、勢いがあるとはいえ、今までこういったホールでの公演や握手会などのイベントが主で、地上波のレギュラー番組は初めてのことだった。急に降ってきた朗報に、控室にいた全員が沸き立った。

「どうしてわたしたちが選ばれたんですか？」マフユが訊いた。

「この前サイバーセキュリティーのイメージキャラをやったのが大きかったんだな。トレファンって略すみたいなんだけれど、これ作ってるサークルフェニックスさんのプロデューサーがどうしてもウチがいいって言ったらしい」

「ありがたいことです」マフユは拝むように手を合わせた。

ゲーム業界やネット業界には地下アイドルもきっちりフォローしてる人が多いとは聞いてはいたが、そういうラッキーもあるものだな、とエリナは思った。

「打ち合わせもあったりするんですか」

「ああ。近いうちに代理店の人と、トレファンの会社の人とね。今はなんかアプリの公開スケジュールがずれてるとかで、そっちが片付いてからって言われてる」

「はーい。じゃあ、ライバルなら『野外行為』のアプリは消しとかないとね」

「よろしく。あと、トレファンのほうが出たら、使うキャラの指定とかあるから。勝手にゲームを始めてもいいけど、そのキャラは削除することになるんで注意してって、ここに書いてある」マネージャーは代理店資料のその部分を指さした。

「そういうのも決まってるんですね」

「また詳しいことは、日程わかったら伝えるようにするから。それと、夜の部の演出ちょっと変えるから、後でその話もしよう」

「照明ですよね、あれちょっと眩しくて変だなって思ってたんです」

「ああ、それ。ちょっと外《はず》すから、あとで」そういってマネージャーの野館は控室を出て行った。

「最近スマホの仕事多いって聞くよね。チームでっていうのは珍しいのかな。あ、この魔法使いの衣装、よくない？」

マフユはマネージャーが置いていった資料をめくりながらエリナに話しかけた。

「そこに、鞠珠《まりたま》マフユ様衣装原画って書いてあるからマフユそれだよ」

「え、そう？　じゃあエリナは……これだ。わ、ちょっとセクシー系？」

ガード面積の少なそうな鎧の女戦士《ビキニアーマー》の原画の下に、エリナの名が書かれていた。

「去年からグラビアの水着もＯＫにしたから、それでじゃないの」

「魅せるねぇ」

「マフユが露出少ない分、あたしに回ってきてるんだって」

エリナがわざとらしくいうと、マフユは舌を出して自分で頭をコツンと叩いた。身内にも十分あざとい。こういう子と自分《エリナ》が同じ売り方《マーケティング》をしたとしても、勝てそうもない。だから逆をやっているのだ――。

＊

エリナは初めて水着の仕事を請けると決めた時に、芸能事務所の社長に直談判したことがある。

それは仕事の内容を問わず、露出の高い衣装を使用した場合は通常のギャラに歩合で「乗せる」こと。社長はエリナが何をいいたいのかすぐに理解して、写真集やビデオディスクや動画配信のように、重版や印税やあるいは継続的な利益がシェアされるものの場合は可能だが、そうではない場合は乗せられないと条件を説明した。例えば水着での撮影を含むディスクを販売するとして、販売実績に伴う歩合は考慮できるが、アキバの量販店のイベントスペースで行われる発売記念イベントでのギャラは引き続き月給に含めるということだ。エリナはそれもすぐ理解し、承諾した。

エリナが何を社長にいいたかったかというと、肌の露出の拡大はすなわち業務範囲の拡大である、ということだ。売れなくなったら増やす、追い詰められて肌を出す、ファンが喜ぶからと無策にやってみる、そういうものではないし、露出を拡大したのに割り当てられる業務と報酬が従来と同じでは困る。それこそ意味のない安売りだ。

自分自身が仕事に使えるリソースの限度は「時間」と「反比例して減衰する若さ」の掛け算だ。そこに付加価値を盛るというのに、単価が上がらない道理はない。安定的に月給制のままだとしても、いずれ「いくら安価でも見合わないほどに老ける時」が自分に来る。

＊

「ねえ、私にも見せて！」と他のメンバーもテーブルの周りに集まってきた。

資料を読み進めると、仮想通貨やアイテムトレードを使用した新しいゲームということも書かれていた。エリナは、ハルトにこの資料を見せたら何かあるかなと思い、後でマネージャーにコピーをもらうことにした。

＊

夜の部の公演が無事終了し、着替えをキャリングケースに詰めるとエリナは他のメンバーに「お疲れ様」と告げて控室を出た。半地下の車止めにタクシーを呼んでもらってあるので、出待ちのファンと遭遇するようなことはなかった。なにより、来ていたタクシーが最新型のゆったりした車内のミニバンタイプだったのが良かった。キャリングケースをわざわざトランクに入れてもらわなくても大丈夫だし、少し背の高いエリナは乗り降りで頭をぶつけることが無いのでこのタイプのタクシーを気に入っていた。

エリナは行先が目黒方面のタワーマンションであることを告げると、少し目を閉じた。昼夜の二公演は体が少し疲労を覚えるレベルで、運転手に到着を告げられるまで、スマホのメッセージ着信にも気づかないほど寝入ってしまっていた。

＊

マンションの部屋に戻ったが、初瀬《はせ》はまだ帰ってきていないようだった。エリナはキャリングケースの中の服を洗濯機に放り込んで、ついでに今着ている服もそうしてからスイッチを入れた。そのますぐにシャワーを浴びて今日の汗を洗い流す。

イメージキャラクターのことで、資料にあった〈トレファン〉の女戦士の衣装は少し大胆な気もしつつ、それはそれでもう少し身体を絞ったほうが見栄えがするんじゃないかと思った。たぶん採寸の機会があるだろうから、それまでには今やっている練習に追加して付け焼き刃でもトレーニングしたらなんとかなるだろうか――。そんなことを考えた。

シャワーを出てバスローブを羽織る。何か飲もうと冷蔵庫を開けたが、ろくなものは入っていなかった。手持ち無沙汰になってスマートフォンを手にすると、SMS《ショートメッセージ》の着信があったことに気づく。

メッセージには『お客様宛にお荷物のお届けに上がりましたが不在のため持ち帰りました。下記よりご確認ください』とあって、その下にリンクがついていた。タップすると、配送会社の佐渡山《さどやま》急便のウェブページが表示された。でも、何の配送だろう――？

このマンションにはコンシェルジュがいるし、宅配ボックスもついている。それに、メールではなく、SMSというのもおかしい。何かを通販で買ったとして、メールアドレスを入力しないものは無いからだ。エリナはウェブブラウザを閉じて、初瀬にメッセージを打った。

『帰ってくる時に宅配ボックスに何か来てないか確認して？』

すぐにメッセージは既読になり、返事が来た。

『さっき家を出たばっか。そういうの来てなかったし何かの不在通知？　フィッシング流行ってるから気をつけて』

フィッシングという言葉を聞いて、少し納得した。ツイッターで「佐渡山急便　フィッシング」と検索をしたら、色んな人がフィッシングに注意するように書き込んでいただけでなく、それを取り上げたニュース記事へのリンクなども出てきた。

「……なんだ。気づいてよかった」

それからスマホを放ってベッドに腰掛け、マネージャーからもらった資料のコピーに目を通す。

仮想通貨でアイテムを取引できるって、どんなゲームなんだろう――。

そんなことを考えているうちに、さっきのタクシーでのうたた寝では足りなかったのか、いつの間にか深い眠りについていた。


「そんなカッコで寝てると、風邪ひくって」

聞き慣れた声にエリナが目を薄く開くと、初瀬が上着を脱いでハンガーに掛けながらこっちへ寄ってきた。資料を読みながら寝てしまっただけでなく、風呂上がりに羽織っていたバスローブも前が肌蹴《はだけ》てしまっていた。

「……きゃっ」

エリナは小さく声を上げ、袷をきゅっと締めた。初瀬はベッドの縁に座ると、身を縮めるようにしたエリナの首筋に口づけをし、そのまま鎖骨へと滑らせるようにしてバスローブを開くと、白い肌の谷間に顔をうずめた。

「……だめだって、シャワー浴びたあと疲れててうっかり寝てただけだし」

「そんなカラダ見せつけられて、何もするなってほうがおかしいだろ」

「見せつけてないって。どこ行ってたの？　汗かいてるならシャワー浴びて……っ、ん」

「ンなこと言うなって、家出る前に浴びてるし」

「今何時？」

「夜の11時くらい」

「もう夜中じゃん。明日朝早いし、だめ」

「すぐ終わらせるから」

「すぐとか……もっとだめだって、何言ってんの」

デリカシーのない言い方をした初瀬をあしらおうとした瞬間、胸を下から吸い上げるようにされて、思わず初瀬の顔の後ろに手を回して力を込めてしまった。

＊

「……お腹空いた」

「俺も寝てた。三時か」

時間を確認するために手を伸ばしたスマホ画面のまばゆい光に、エリナは目を細めた。

「コンビニ行く」

そそくさと起き上がったエリナはルームライトを点《つ》けると、Tシャツや適当なトレーニングウェアを身に着けて、髪を無造作に縛った。

「こんな時間に食って大丈夫かよ」

「じゃあ飲み物だけにするし」鍵や財布をバッグから取り出してウェアのポケットに突っ込んでから、大きめのマスクをする。

「それなら冷蔵庫に何かあるって」

初瀬もベッドから下り、裸のまま冷蔵庫のドアを開けたが、中にほとんど物は無く買い置きのペットボトルも尽きていた。

「無いって知ってて言った。家に帰ってきた時、ないなって思ったから」

「俺も買いたいものあるし、俺が行ってくるって」

初瀬なりに、エリナがかつてストーカー被害に遭ったことを気にしているところはあった。エリナが夜中に一人で出かけるのもよくないし、危ないからとついていくのもよくない。

ならば自分《ハルト》がエリナのパシリをしたほうがいい――。

「もう行くよ。帰ってから時間も経ってるし、夜中すぎるから大丈夫だって。適当についてくれば?」

「まあ、そう言うなら」そういいながら初瀬は床に落ちていた資料を拾い上げた。

「……これ大事な書類だろ。台本か何か?」

「ああ、これ。見せようと思ってコピーもらってきた。今度の仕事、ゲームアプリのイメージキャラなんだって」

「守秘義務ガバガバだな」

「そういうの、気になるなら別に見なくてもいいよ。アイテムを仮想通貨で売れるゲームが出るって、それで興味あるかなって思っただけだから」

「マジかよ。RMTか」渡しかけた資料を手元に戻して眺める。

「?　何それあーるえむてぃー?」

「あー……。ゲームのアイテムをフリマで売るようなやつだよ」

「ヤミマでもゲームの売ってる。レベル高いキャラの機種変更《きしゅへん》コード売るやつ、よく見るよ?」

「あれ、前のフリマアプリは出品禁止になってたのに、ヤミマでは出してもOKなのか。何でもアりだな」

「何でもあるよ。ドラッグみたいなのとか、お医者さんでしかもらえない薬とか、チケットとか」

「この前チケット業者が閉鎖してたのがまるっとそっちに移ってるわけか。まさに闇マーケット」

「ヤバすぎでしょ。きっと個人情報も抜かれてる」

「でもそれでバッグ売ったりしてんだろ？」

「もうやめた。普通に友達に頼んで、買い取り屋に持って行ってもらってる」

「……えらくアナログなところに落ち着いたな。そういう鼻が利くところはすげえよ」

初瀬はエリナの鼻を人差し指で軽く突いた。

「全裸でそんなこと言われても説得力ないし。コンビニ行くつもりあんの？」

そういわれた初瀬はすぐジーンズを穿いてシャツを羽織った。

2

真夜中のコンビニから出てきた二人の姿が、望遠レンズで拡大されたフレームに収まる。車中で静かに連続シャッターが切られ、手を繋ぐか繋ぐまいかで戯れるエリナと男《ハルト》の仲睦まじそうな様子が電子的に記録されていく。

「……あのチームメイトさんがたも、罪作りだよなぁ。天然なのかご教示いただいたのか、区別がつかないっていうね」

マンションに入っていく二人をファインダー越しに見送るようにしてから、依永《よりなが》ヨウジはカメラの液晶画面で「本日の収穫」を確認すると、静かにミニバンを発車させた。

*

先日の〈ソーシャルコーホーズ〉社長と恋人の女優の件で、二人を写真に収めた先輩記者が掲載前確認のために芸能事務所へ行った時だった。掲載前確認というのは「掲載しますよ？　よろしゅうござんすか？　よろしゅうござんすね？」という儀式みたいなものだが、依永は万一の時のためにそこまで同行させられていた。

今時ヤクザ紛いの恫喝なんか無いだろうとタカを括っていたが、ボイスレコーダーをＯＮにしておいて良かった。依永にとって細かく思い出すのも嫌な話だが、あの時、詰めに詰められレコーダーまで取り上げられた時、咄嗟にいい放った「このレコーダーは最新式で、Ｗｉ-Ｆｉで車の中のパソコンとスマホにコピーが遠隔保存されてる。僕たちに何かあったら編集部の全員がそれを聴けるようになってる」という嘘で、先輩も自分も解放された。

結果、社長と女優のスクープはハグやキスの写真は使わないこととなり、当たり障りのないものが掲載されることになったが、ついでに売り出し中のアイドルグループ〈黄泉比良坂《よもつひらさか》47〉の特集にページを数週確保しろ、という内容のことを握らされた。

芸能事務所のほうだけでなく〈ソーシャルコーホーズ〉も企業紹介記事で手打ちにしたのだから、ビジネスをやってる連中ってのは悪名も名だとばかりに、変な角度でマスコミを使いやがる。そのくせセミナーで「ピンチをチャンスに」なんてしたり顔で語ったりしてるんだから、どうかしてる。お前ら全員毎度ピンチじゃねえか――。

そんなことがあって、依永に田場川《たばかわ》へのインタビューと〈黄泉比良坂47〉の記事を片付ける役が回ってきたのだった。田場川とはネット上での絡みも含め、知らない仲ではなかったので恙《つつが》なく取材を済ませることができた。だが、〈黄泉比良坂47〉の子たちの場合は一筋縄ではいかなかった。

楽屋へ行き簡単なインタビューをした時に、まあ、出るわ出るわ。パワハラ、セクハラ、度を超したファンからの異常行為を、笑い飛ばすように話すから大半が載せられるような内容ではない。

仕方がないのでオフィシャルサイトや公式ガイドブックを参照し、「○○チャンが言いそうなこと」を、さもインタビューで聞いてきたように創作して数行ずつ人数分を書く、なんていう苦行をすることになった。

取材時に「恋愛禁止っていう鉄の掟はちゃんと守ってる?」と質問をしたのだが、マフユという子が、「みんな守ってるけど、目黒のタワーマンションに男と棲んでる子はいるよね」といって、回りから「それ言っちゃダメだって! あのあたりのタワーマンションなんて1つしかないんだから」と窘《たしな》められていた。「これ記事にしちゃダメですからね!」とリーダー格の子が依永にいうと、マフユは「え、だって恋愛禁止は守ってるからいいでしょ。私も兄弟と住んでるし」とあっけらかんと答える。「それとは男の意味が違うから」と苦笑する周囲のメンバーの目が据わり過ぎていた。依永が「それって誰?」と冗談ぽく訊くと「この場にいたら言うわけないじゃん」とのたまう。「それ言ってるようなものだから」と他のメンバーはそれ以上は呆れてフォローもしなかった。

楽屋にいなかったのは、個別での撮影が続いたためスタジオに残されていた『江ヶ崎エリナ』ただ一人。楽屋にいた全員が言わないフリして暗に示したのか空恐《そら》ろしいものを感じたが、その時はお茶を濁すようにしてとりとめのないインタビューを続けた。

＊

依永はミニバンを神保町の編集部裏の駐車場に停めた。今度は看板女優というわけでもないし、あんなことがあった後だ。掲載前にお伺いする義理も無い。あの時の恫喝《おどし》のちょっとした意趣返しだ――。そんなことをつぶやきながら、依永は編集部のある雑居ビルの階段を駆け上がっていった。

3

「やっと通ったか。本当にアメリカ時間でしか仕事してねぇんだな、連中」

真夜中。スマートフォンの通知欄をタップして、寺嶋《てらじま》はビジネスチャットのメッセージを開いた。内容は、いくつかのOS企業へ再提出していた申請が全て通過し、〈トレーディング・ファンタジー〉がいつでも配信できる状況になったという報告だった。

寺嶋はだいぶ前に〈コインパーチェス〉から〈サークルフェニックス〉へ転職《うつ》ってきたメンバーのうちの一人だ。いつも眉間にしわを寄せ、鋭い角度の眉と目力で他のスタッフに威圧感を与えて有無をいわせずプロジェクトを遂行させるタイプのプロデューサーだ。前職のさらに前は、別の会社でゲーム事業を手がけており、一筋縄ではいかない問題も着実に対応してきた経験がある。もろもろの開発トラブルや運営中のインシデントに関するノウハウも山ほど持っていた。

OS企業のアプリ審査で却下《リジェクト》が発生することによるスケジュールのずれは元から織り込み済みで、新作のリリースに際して何が起ころうが臆することはなかった。

いよいよゲームと仮想通貨トレードの世界に革新を起こすことができる――。

その高揚感が冷めないうちにと、翌朝出社した寺嶋は、すぐに関係部署のリーダーを会議室に呼び出し、リリースタイミングの最終確認を始めた。

最初に部屋に入ってきたのはプロモーションチームのリーダーだ。調整箇所が社外にわたる広報においては、スケジュールのブレが大きなビジネストラブルに繋がることがある。寺嶋はいくつかの問題発生について相談されるのではないかと考えていたが、それは杞憂に終わり、プロモーションチーム内ですでに各種のリスケジュール《リスケ》が完了していた。

スマートフォンゲームアプリは、据え置き型ゲーム専用機のパッケージを売り出すのとは違い、リリースしたら開発終了というわけにはいかない。継続的なゲームバランスの調整や、プレイヤーの動向を測りながらゲーム内容を多岐にわたって改良していくことが求められる。

例えばテレビCM開始時期の設定も、ゲームアプリがある程度改良された後、アーリーアダプターやゲーム内コミュニティで誕生したリーダー格のプレイヤーなど、中心となる利用者が盛り上がっている時期に重ねられるのがベストだと寺嶋は考えていた。

サービスが安定しないままゲームに重大な不具合が発生したり、ゲーム内コミュニティが未熟だったりすると、せっかくCM費用をかけて獲得した新規プレイヤーが離脱を起こしてしまうからだ。

そして、テレビだけがメディアではない。ネット動画配信用の映像については、ゲーム画面を主軸とした内容はすでにテストバージョンを使って収録済みで、いつでも配信できる状態にしてあった。お抱えのユーチューバーによるリアルタイム実況を配信するにしても、オフィス内の会議室を改造したスタジオからいつでも実施可能で、流行りのVチューバー《ブイ》（バーチャル・ユーチューバー）による配信へのスイッチも考慮されていた。

というのも、Vチューバーについては、CG部門によって社名を伏せた状態でのテスト公開とノウハウの蓄積が続けられていて、演者《なかのひと》のモーションを自然な形でリアルタイム表示できる技術は当然のこと、Vチューバーが持つメディアパワーについても、本格稼働後に視聴者数が安定的に推移していくだろうというシミュレーション結果が得られていた。

さらに細かいところでは、自社で発行しているメールマガジンの送信や、リリースを待ち望んでいた先行会員登録者へのキャンペーンの実施などがあり、それらを合わせると施策は多数にわたるが、いずれも滞りなく遂行できる状態であった。

リリースタイミングではこういった配信系に注力するが、その後も継続的な露出は欠かすことができない。プロモーションチームがその先の活動に繋げられるように水面下で進めていたのが、公式イメージキャラクターになってもらうアイドルグループの〈黄泉比良坂《よもつひらさか》47〉との折衝だ。懇意にしている代理店にガッチリ押さえさせたこともあり、こちらも順調だ。

以前〈コインパーチェス〉時代に代理店から招待されて、彼女たちが出演するイベントステージを見たときに、寺嶋は直感していた。

このアイドルグループは必ずメジャーになる。そして、バーチャルとリアルを一手に押さえる――。

圧倒的なパフォーマンスだけでなく、メンバー個々のキャラクター性。地下アイドルにとどめておくには惜しいほどの「メジャー感」のようなオーラが感じられた。披露されたのは一曲だけだったが、その曲でセンターをとっていた江ヶ崎《えがさき》エリナにも心惹かれるものがあった。

彼女たちが出演するステージについては、来月にサークルフェニックス全体で行われるファン感謝祭リアルイベントの目玉として準備が進んでいる。

コラボレーションは、同数の客や同量の効果を持つものが組んだ時に最大の効率でドライブする。大きな顧客獲得を目論む新機軸のブロックチェーン・ゲームと、新進気鋭のアイドルグループが合わないわけがない――。

一連の広報活動や広告配信が問題ないとわかり、寺嶋はプロモーションチームのリーダーを帰した。

次に会議室に入ってきたのはＱＡ（品質保証）部門のチーフである貞本《さだもと》サトシだった。

「肝心のリリース日なんですが、公開直前バージョンのアプリでの本番環境テストプレイがゴールデンウィーク前に入れられませんでしたので、これを勘案して万一のバグ修正のバッファも入れるとですね……」

貞本がリリース版アプリの完成度について長々と喋り懸念を表すと、「そのテストプレイ、確実に要る箇所のみでの見積もりなんだろうな？　するにしてもバッファが大きすぎる」と寺嶋が即座に突っ込んだ。

「再度申請した際にバイナリに少なからず変更を入れていますので。サーバーから新たなリソースをＤＬ《ダウンロード》して処理を渡すところもありますし、そこに関連する処理は全部テストし直すべきですね」

リリース後にバグが見つかったり、不具合で長期間のメンテナンスになるようなことがあったら、〈サークルフェニックス〉のブランドに関わる。明らかな不具合でなくても、開発中には気づけなかったようなことがプレイヤー操作によって見つかることもある。そのため、変更に関連した部分すべてにテストをしておきたいと思うのは、品質保証を担当する貞本であれば当然のことだった。

「テスト項目の削減はできないのか。修正のメインは画像やキャラデータのリソース追加部分だけだぞ？　バカ正直にチェックリストを上から下へ嘗《な》めるだけなら時間が無駄になる」

貞本のいう通りにしてしまうことでスケジュールへ影響が出ることを寺嶋は懸念し、さっきよりも強い口調になった。

テスト自体は不可避だとしても、何をチェックするかの項目を精査して合理化すれば、リリース直前の工数は削減できる筈《はず》だという気持ちがそこにあった。

「リソースを追加した際は、パラメータを調整しながらアイテムやキャラの組み合わせを全て試すのが従前からのレギュレーションになっていますので、項目を削減しての短縮はできませんよ」

そう貞本がいったあたりで、寺嶋は「こいつら、自分の仕事のテリトリーを守ろうとしてるのか？」と勘ぐった。

「そこは実機じゃなくてもいいだろう。何のためにエンジニアがテストプログラムを書いていると思ってるんだ。審査に出す前に基本的なシステムの全体的なテストはエンジニアで済ませてある。そのときに発生したバグに対する修正も申請前に完了していた。追加したリソースのアプリ内での適合可否なら自動化できるはずだ」

「自動化するにしても一部です。今回の変更部分について、総当たりを想定して自動テストのシナリオを作成し直すと、それをせずにほぼほぼすべてを実機で行った場合と変わらない工数かかります。そこにエンジニアの工数を割くか、ＱＡスタッフの工数を割くかだったら、今回はＱＡになりますよね」

「さっき俺は広告関連を調整して万事スケジュールを整えた。この意味、わかるよな？　大量のカネが出て行くんだ、圧縮できるものは徹底的にやって今のスケジュールに納めないと機会損失になる」

寺嶋は、テストや品質管理が重要だと知っているからこそ、融通の利かない貞本の物言いに苛立ちが募っていた。

「当面使わない追加リソースデータをＤＬしないようにしてスキップするわけにはいかないんですよね？」

「当然だ。広告連動企画のイベントに使うアイテムやキャラが含まれている。どのファイルもカットすることはできない」

「ではＱＡとしてはこのスケジュールではＮＧですね。社内規程としても、そのままお客様に出すことはできません。ゲーム進行上のバグだけでなく、アプリにセキュリティ上の問題が発生した場合、ブランドの毀損に繋がります」

「……っ」

このプロジェクトはＹ証券の肝煎《きもい》りでコンテンツ制作投資ファンドが作られ、そこから大量の開発費や広告費を曳《ひ》いている。今更社内規程だなんだで遅らせられるか――。

思わずそういった事情が口をついて出そうになり、寺嶋はぐっと堪《こら》えた。

四角四面の仕事の仕方をする人間にそんな話をしたところで、うまい具合に融通できることは万に一つも無い。「自分の仕事」をしやがって――。

「俺が責任を持つ」低く、はっきりとそういった後で、寺嶋は続けた。

「リソースDL後にパラメータの処理が渡るところは、追加したアイテムが仮想通貨連動処理を触るところを最優先にテスト項目を組み直してくれ」

「残りの項目は端折れって話ですね。ブロックチェーンのところはどうしますか？　複数端末が同時に演算し続けている状況が必要だと思いますが」

貞本は、寺嶋が「責任を持つ」といった瞬間、迷うことなくそれに従うていで話を進めた。

「ウォレットのテストは済んでいるし問題ない。いざというときはアプリ内の仮想通貨に影響が出ないようにサーバーからの指示でユーザー操作をロックできる。それもすでにテストは完了している部分だろ？」

「最低限顧客の資産を守ればＯＫということですね。ではＱＡで担保できるところまでということで、リリース直前のテスト項目とスケジュールを切り直します」

「……よろしく」

できるなら最初からそういう案を出してこい――。

寺嶋はいかんともしがたい気持ちに包まれたが、ここで立ち止まっている場合ではなかった。品質保証部のテストが完了してリリースが無事に行われたにしても、その後も安定的な運用がされなければ意味が無い。

「テストが完了し、問題なくリリースできるとして、その後の運用監視体制だが……」

その後も寺嶋は貞本に何回か「俺が責任を持つから何とかしろ」というセリフを吐くことになった。

＊

リリース調整の会議に午前中いっぱいを費やし、その後次々とスタッフから持ち込まれた相談事などを解決し終えると、時計の針は午後三時を回っていた。

スケジュールや運用体制に関しての段取りを確認できたこともあり、寺嶋は若いスタッフに頼んでビルの一階に入っているコンビニで適当なサンドイッチを買ってきてもらい、それをカフェオレで流し込みながら今度は仮想通貨の現状を整理し始めた。

〈トレーディング・ファンタジー〉内で使われる仮想通貨〈クライシスコイン〉は、すでにシンガポールにある仮想通貨取引所でのＩＣＯが間近で、プレセールもメールで届いているレポートを見る限り好調だった。現地で開かれたネットビジネスのコンベンションでは、『仮想通貨の価値を確実に高めるプラットフォーム型ゲーム』の可能性が評価されたと報告があった。そこには〈トレファン〉プロジェクトの注目度が他の仮想通貨ソリューションに比べて高く、多くの投資家がプレセールでの購入に応じたと書かれていた。

購入者の中には、かつて日本のブログメディアを席捲した麻布《あざぶ》アミリの抱えるインフルエンサー女子や、その周辺のＩＴ長者などもいて、アプリのリリースに際して日本のネットビジネス界隈でも良い広告塔となってくれると寺嶋は予感した。

仮想通貨を処理する部分は、その界隈の紹介《ツテ》で、ベトナムの技術系企業から提供されたモジュールを使用している。それが無ければコインの出入りや取引機能の実装を短期間で成すことはできなかった。

ただでさえ、〈トレファン〉は元々の企画にあったボクセルのクラフト系ゲームから流行のバトルロワイヤルへゲームシステムを大幅変更した経緯があるのに、そこに仮想通貨を載せるなんていうのは、無茶といってもよい試みだ。それを強行できたのは、ＡＰＩ（アプリケーションプログラミングインターフェース）が充実していたそのモジュールの効果が大きい。

4

寺嶋が仮想通貨周辺の情報を整理し、ひとしきりメールやメッセージの確認や応答をし終えると、もう終電の時刻が近づいていた。

終業時刻を過ぎると〈ソーシャルコーホーズ〉のオフィスは、各所の照明が強制的に落とされてしまう。田場川《たばかわ》はモニターの光に照らされる中、社内のチャットルームに貼り付けられたファイルに気づき、すぐに開いてそれを眺めた。

「お、枠だけ確保されてた出稿《ヤツ》、クライアントさんからOK出たのか。アプリの審査延期の影響、バカにならないからな」

あるゲームアプリのリリースが遅れていて、〈ソーシャルコーホーズ〉が持つメディアの広告枠がいくらか浮いてしまうかもしれない――。そういう話を、数日前に営業部門から聞かされていた。アドネットワークの枠なら他の広告が適宜配信されるので最適化されるが、純広告《じゅんこう》やページジャックで押さえていた分に穴が開こうものなら、広告の遣り繰りだけでなく、社内デザイナーも動かさなければならない。田場川が直接仕切っていた件ではないとはいえ、気にはなっていた。

大山鳴動して鼠一匹という結果でも、元の通りなら後は細かい手続きだけのはずだ。あのとき泣きそうになっていた営業もホッとしただろうな、と田場川は思った。

気づくと、誰かが再点灯したのか、田場川のいる執務エリアの周辺の照明が元のように点《つ》いていた。

貼り付けられていた文書ファイルを見ていくうちに、『仮想通貨とアイテムのトレード可能！ ※クライシスコイン使用』という文字に目が留まった。〈クライシスコイン〉といえば、麻布《あざぶ》アミリがメッセージで送ってきた新しい仮想通貨の名前だ。そう考え始めた時には田場川はスマホを手に取り、メッセージを送っていた。

『まだそっち昼だよね？　クライシスコインのこと訊いてもいい？』

『興味持ったの？　ボイスでもいいよ？』

即座にＩＰ通話ボタンをタップしようとして、少し思いとどまり周囲に目を配る。他の社員が何人か残業をしていたのでＰＣの画面をロックしてから、通話内容を聞かれないように使われていない暗い会議室へと移動した。


「もしもし、田場川です。アミリちゃん？　ご無沙汰。元気？」

「億り人《おくりびと》キタコレ」揶揄するように明るい声でアミリは答えた。

「ビットコインで一山当てたところで、転職した程度だよ。そんなに生活は変わってない。それより、日本、来ないの？」

「外から見たら、だいぶ変わったように見えるけど？　近いうちは日本に行く予定は無いかな」

「そう。もし日本に戻ってきたら、ブログの女帝復活のお膳立てくらい、喜んでするよ」

田場川は、自分のオンラインサロンで毎月行っているセミナーイベントのゲスト選びに余念が無かった。時流をとらえていて、かつそれなりにメディアとして機能している人は、そうそう多いものではない。ちょっとイキッてる程度のブロガーやインスタ女子などは応じてくれる確率は高いが、アクセスを増やす方法を始め、あまり独自性の無い内容や数値としてイケてない話もドヤ顔で喋りがちの上、挙句の果てに副業を勧めるフリをして情報商材のアピールなどを始めたりで使い勝手もよくない。

かといってFXや仮想通貨で儲けた人というのは、ヒキがあるわりにそうそう表に出たがらない。やっかみとおこぼれにあずかろうという気持ちを隠した尊敬の眼差しほど、邪魔なものは無いからだ。ベンチャー社長なども、本当にイケてるビジネスをやっている人は当たるか当たらないかわからない段階では忙しくて出てもらえないし、ベラベラ喋れるようになった時には、一般のメディアにも露出していて新鮮味や独自情報を感じさせるフックが無くなってしまう。

「復活なんて、冗談。タバやんさんお得意のサロンでのトークイベントに出ろってことでしょう？ネットの人たちなんて私のこと、炎上して都落《みやこ》ちしたくらいにしか思ってないだろうし、みじめな姿を見たいと思ってやってくる人たちに伝えることなんてない」

「そこに、全然都落ちでもみじめでも無い姿を見せるからこそ、驚きをもって迎えられるんだよ。海外でブイブイ言わせてますって、これは重要だよ。受け売りで出羽守《でわのかみ》したい人もセミナーにはたくさん来る。ヒキがあると思うけどな」田場川はアミリを持ち上げるようにいった。

「今更そっちで迎えられて『あの人は今』扱いだと下がるし。タバやんさんも同じ誤解してると困るけど、節税や脱税したくてこっちにいるわけじゃないからね。小銭貯めるテクニックばっかり知りすぎてる人が、よくそういうがった見方してくる」

「言ってくれるなぁ、そんな誤解するほどセコくないよ。人としてどう生きるかって方向にマインドがシフトしてってるから。この前出した本、お金の話じゃなくてもみんな興味あるし、ついてきてくれるんだって」

「読んだよ、電子書籍で。『アドリーマン宣言！』でしょ、発売日に買った」

「ありがとう」

アミリがすでに新刊の読者だったと知り、気恥ずかしさもあって田場川の口から思わず丁寧な感謝の言葉が出る。

「でもさ、あれタバやんさんの言葉じゃないよね。紋切り型でガツンと言うようなの、あんまりしなかったでしょ。どっちかというと、くっだらないギャグかましながら、身近な例を想像させるみたいなのが共感持たれてたっていうか。どう生きるかって方向にシフトって言ったけど、芸風も変えた？」

「芸風って、あー……」

「何か思い当たってる？」

「章によっては編集に任せてたところあるから、そこのところは、まあ……。昔から俺を知ってる人からすると違和感あったかもしれない」田場川は歯切れ悪く答えた。

「つまんないところで手を抜いちゃだめだって。自分の言葉で語っとかないと、あとで辻褄が合わなくなった時にダブルスタンダード《ダブスタ》だって言われることになる」

「そういうところは昔からしっかり見てるよな。」

「当然」

そういわれて田場川は唾を飲み込み、話題を変えた。


「最近ウチのコスメ情報アプリ、記事の質が落ちてるっていうんで、過去の記事と比べてみたら、やっぱ買い取る前のアミリちゃんが仕切ってた頃のほうがしっかりしてんのな」

「別に私、仕事で手を抜くために盗用して炎上したわけじゃないし。買収したあと私を外したのはそっちの社長が考えたブランディング戦略でしょ」

「まだ俺がここにいない時のことだから、何とも言えない」

「私と同じ買収された側として、どう？　買われて、心地いい？」

「買収って、バカ言うなって。スカウトされて転職しただけだって。でもちょっとガチで広報っていうのは勝手が違うっていうか……」

「歯切れ悪いね。当ててあげようか」

「ご経験者様の仰せの通りに」


なんでもあけすけにいうアミリに、田場川は悪い気はしていなかった。むしろ、新刊をきっかけに四方八方で田場川のことを持ち上げる人が多くなっていたので、辛辣なことをリアルな言葉で語ってくれる相手は貴重とさえ思えた。

「ソーシャルコーホーズの社長さん、人格者過ぎてタバやんさんみたいに荒ぶったこと言わなくてもたくさん信者が増えてくから、格の違いを見せつけられてる、ってとこでしょ。それにもともと営業肌なのに、ちょっとメディア露出が増えたのを捕まえて広報にするとか、畑違いもいいところ」

「持ってるカネの量も違うしな。広報って仕事については、炎上させるの得意だから、これからかな」

「お金を増やしてもそっちの社長さんを超えられるわけじゃないでしょ。タバやんさん、これまでも億り人になって、何か自分を一つでも変えられた？」

「さっきも言ったとおり、変わらないね。あくまで変えたのは本を出したときの切り口」

「その本も、出版社の意向みたいなのが透けて見えるわけだけどね。出版とセミナー組み合わせるなんて何十年も前からある商売じゃん。それとも、勢いが良くてソロバンはじくのが上手な編集さんに乗せられただけ？」

図星を突かれてしまい、田場川は少しの間言葉を失う。確かにセミナーやサロンは以前からしていたが、出版をきっかけにその回数ばかりが増え、カッコよく『アドリーマン宣言！』と大上段に構えてみたものの、レバレッジの利かない時間売りをしているだけだという自省もあった。

「……で、仮想通貨のこと知りたいんだけど、手広くやってんだな、そっちで」

バツが悪くなったのか本来の話はこっちだとばかりに、田場川は再び話題を変える。

「プレセールは順調。私以外にも代理店として売ってる人や会社がいくつかあって、全体的にもいい」

「順調っていっても、去年みたいなバブルでＩＣＯ一発３００億みたいな時代じゃないし、当時の10分の1も集まれば良いほうじゃないのか？」

「それが久々の注目銘柄って感じに受け取られてるみたいで。もちろん営業やってる人たちのプッシュもハンパないんだけどね。今時、買う人も新しい仮想通貨にお金をつぎ込んだら痛くもない腹を探られるくらい知ってるでしょ。それでも買うってことは、ちゃんとしてるって思ってくれてる」

「わかっててやってるなら最悪だが、わからないでやるより百倍いいって感じか」

「もちろん人に言えないお金を持ってる人も中にはいるだろうけど。代理店手数料も高めだし、私もそれでちょっとお小遣い入ってきたかな」

アミリの言う「ちょっとお小遣い」が何万円や何十万円というレベルではないことは、田場川にはすぐわかった。だいぶシンガポールで売りを立てているようだと直感する。

「前も日本でアプリのガチャとかあって問題になってたけど、パチンコとか賭け事が好きな人が多いから日本人には向いてると思う」

「どうかな。ゲームで仮想通貨が使えるなんて10年前のバーチャルワールドの頃からある仕組みだし。どれだけバズりそうかっていう点では、仮想通貨バブルの最期を看取るものになりそうな雰囲気をひしひしと感じるよ」

「もしそうなっても、ずっと残ればいい。ただの仮想通貨じゃなくて、ブロックチェーンを処理するモジュールはグリッドコンピューティングの役割ができるようになってる。だから未来がある」

「そんなに大がかりな話なんだ、さすがに詳しいな。前になんか聞いたことがある。世界中のスマホのCPUパワーを足し合わせてAI化するような話。そんなことできるのかよ」

「その第一弾がゲームっていうだけ。もうすぐ日本でアプリ出るんだよね？　そのモジュール扱えるベトナムの開発会社を繋いでコンサル料とった後は、忙しくてあんまり連絡してなくて」

「繋いだ張本人に詳しく知らされてないなんて、ひどい話だ。丁度アプリの広告枠を押さえたいって話があって、それの資料、読んだところだ。リリースは来週」

田場川は、リリースが遅れて広告がキャンセルになるところだったというような枝葉の話は省いた。

「来週リリースなのかぁ。アプリやってる会社のプロデューサー、連絡しても返信ほとんど来ないんだよね。ベトナムと日本の技術者同士はよく連絡とってるみたいなんだけど、私のほうには全然」

それでいて、しっかりコインだけはセールスしているあたりがアミリらしさだな、と田場川は思った。

「いろいろ聞けてよかった。元気そうだし」

「仮想通貨バブルの最後の一山だって直感したなら、さすがタバやんさんってとこ。薄々は感づいてるよね、もう仮想通貨バブルはオワコンだって。ちゃんとしたものだけが残る」

「そうか。ご健闘を。プレセールの手数料でいい小遣いなんて言うけど、ヤバい筋に売ったりしてないだろうな」

少しの間、沈黙があった。そして、「……倉石くん、どうしてるかな」とはぐらかすようにアミリは倉石の名前を出した。

「そうだ、それも聞きたかったんだ。倉石クンからそっちに連絡行ったりしてないの？　こっちも連絡ないままでさ。だいぶ前に送ったメッセージも既読がつかない」

「誰か、警察に捜索願を出したりしてないの？」

「聞いてないな。倉石クン、コインパーチェス辞めることになって、ぶっちゃけ今、無職なわけだし。サラリーマンなら会社が捜索願を出したりできるんだけどな」

「ご両親は？」

「知り合いから聞いたんだけど、遠くに住む倉石クンの親御さんが鍵付きでＳＮＳやってて、『息子は若い時から世界を身一つで旅してるような性格だからちょっとの留守くらい気にしていない』って書き込んでたらしい」

「内心は不安だろうね。息子があれだけ世間からバッシング受けたり、記者会見がテレビで流れたりしてたんだから」

「自殺未遂の噂も伝わってるからな。親御さんの書き込みに、ご丁寧に噂を教えてるクソリプがついてたって。本当には居場所や安否を知ってて黙っているか、本気で息子のことを信じて連絡が無かろうが肝を据えているか、いずれにしても、こっちが詮索できるような状況でもない」

「そうだね」

「アミリちゃん、いろいろありがとう。さっきの話、せっかくご説明いただいたけど、クライシスコインは買えないな。そういうのに突っ込めるような人に言えないカネ、俺、持ってないし」

「タバやんさんらしくていいと思うよ。『清く正しく、国税を払ってなお稼げるアドリーマンであれ』って」

「結構ちゃんと読んでくれてんだな。ま、仮想通貨で一儲けした俺が言うなよってハナシ」

アミリが覚えていたフレーズは、編集担当者が概ね書き上げてしまった田場川の本の中でも、自分らしくて少し気に入っている箇所だった。

「うん。じゃ、またね」

「ああ。倉石クンのことわかったら、こっちにも連絡するように言ってくれよ」

「私やタバやんさんより先に、仕事関係の人に連絡行くと思うって。そういうとこあるから、彼」

IP通話が切れた後、田場川は自席に戻りながらアミリが最後にいった「彼」という言葉の雰囲気で、少し前に記者の依永がしていた「下衆の勘繰り」が当たらずとも遠からずかもな、と思った。


暗い会議室を出た田場川は、席についてパソコンの画面ロックを解除した。

それにしても、この時期に海外ICOの仮想通貨に対応したゲームアプリが日本でリリースされるとはね——。

資料の後半を読むと、アイドルをイメージキャラクターに起用するということがわかった。〈黄泉比良坂《よもつひらさか》47〉は、あのメッセージアプリで流れたセキュリティ動画を見て以降、田場川も注目していた。代理店に自社メディアのキャンペーン起用への打診を依頼したばかりだったこともあり、少し出し抜かれた気持ちになる。

文書ファイルの最後のページに企業概要がついていた。〈サークルフェニックス〉は、数年前に携帯電話用《ガラケー》ゲームアプリが大当たりし、そこから急激に伸びた企業だ。社名に「サークル」とついているのも、元はといえば学生同士で作ったゲーム制作サークルが発祥だからという。

テレビでそこそこ恥ずかしい感じの露出度の高い衣装を着たアニメ風のキャラが飛び跳ねては胸を揺らしていて、結局何のゲームかよくわからないというCMを観たことがある。それに『ウリエイター』の寺嶋《てらじま》がいるところだ。

寺嶋はコインパーチェスにいたこともあるし、って、この〈トレーディング・ファンタジー〉に関わっているんじゃないのか——？

田場川の頭の中で、想像が膨らんだ。

もしそうならあいつの経歴、面白いことになってるな。ガラケーのソーシャルゲーム《ソシャゲ》で当てて、仮想通貨取引所《コインパーチェス》へ行き、また転職して今度はそれの合わせ技のゲームを開発。勤め人をしながら自分の能力をどんどん拡張しているあたり、『アドリーマン宣言！』のコンセプトとも相性がいい。今度のセミナーのゲスト、寺嶋にあたってみよう——。

すぐに社内チャットで営業担当に連絡をとる。〈サークルフェニックス〉の寺嶋とコンタクトをとるにあたり、社内の仁義も通しておかないと後々面倒なことになるからだ。あいにく担当はもう退勤してしまったようだが、営業部門はスマートフォンで外出先からビジネスチャットアプリを使う許可と二段階認証の設定《パスコード》が渡されているから、折り返しの連絡は今晩中に来るはずだ。〈ソーシャルコーホーズ〉の社内規程により外から自社内の情報にアクセスできないという強固なセキュリティポリシーに、田場川は少し動きづらさを感じていたが、そういった許可申請のフローがあるからこそセミナーなどの社外活動も自由にさせてもらえているのだと理解しているので異を唱えることはなかった。ルールどおりにPCからログアウトしてシャットダウンし、それから上着を羽織った。

ジムに寄って一汗流すか――。

先ほど麻布アミリと通話したときの高揚感が続いてきたこともあり、田場川は颯爽とオフィスを出て行った。

5

日が落ちた後も〈サークルフェニックス〉のデバッグルームでは、〈トレファン〉リリース直前の本番環境を用いたテストプレイが進んでいた。懸案事項であった追加されたリソースDLまわりの部分も、テスト項目の消化度合いが良く、予定通り終日で終えることができそうだった。

「チーフ、ちょっとこの動画観てください。デバッガーからの報告に添付されていたものです」

駆け寄った社内のテストスタッフが、スマートフォンで撮影されたプレイ動画を貞本に見せた。

「この動画はリソースＤＬ画面のようですね。今回の追加デバッグ範囲だと思いますが、データが詰まるということですか？」

「いえ、ここです」と一時停止ボタンをタップし、スマホを貞本に渡す。

「正常にプログレスバーも伸びてるし、どこが変なんです？」

〈トレファン〉のアプリには、ゲーム内容がアップデートされた場合に自動で差分ファイルをサーバーからダウンロードする機能がある。ユーザーにわかりやすく進捗を表現するために、画面にはプログレスバーとともにダウンロード中のファイル名の表示をしていた。

「仕様書に無いファイルをダウンロードしているようなんです」

「DG_go_attack.BTLか……。バトル系のファイルですね、この拡張子は。ＤＧはドラゴンか何かだと思いますが」

貞本はスマホを返すと、自席のＰＣで仕様書ファイルを開き、該当のファイル名が記載されていそうな箇所に目を走らせた。

「はい。ＢＴＬ《バトル》ファイルなんで。ただ、企画側や開発からは新しいボスバトルやイベントバトルが追加されたというような話もないですし、仕様書にも見当たらなくて」

「先々のアップデートで入れようとしていたファイルが、間違って混入した可能性がありますね。

動作に直接影響しないのであれば、Ｂランクで回して判断は開発部にしてもらいましょう」

そういいながら、貞本は忘れないうちにと社内チャットでその内容を他のテストスタッフたちに周知する。

「そうなると、このファイルが使われているところのテストは、次回以降のデバッグ時ってことになりますよね」

「そうでしょうね。現状で使われないファイルなら無害だと思いますが、最近だとファイルを引っこ抜いて解析するユーザーもいるので、それがフライング情報になったりしますから重要度は我々には判断できないですね」

「ですよね。そういうのは入念にチェックしてほしいと以前から開発部には伝えてあったんです。拡張子がＢＴＬのファイルは、バトルロジックなので、抜かれてもこの先のシナリオやキャラが漏れる類《たぐい》ではないとは思いますが」

「念のため、それもあらためて開発部に伝えておきましょう。いずれにしてもファイル一つを戻してその周辺のテストをしなおす判断は、今の寺嶋さん《プロデューサー》ならしないでしょう。引き続き現状の仕様書通りのチェックで進めます。なにしろ広告だの上層部の意向だの、優先したいことはいくつもある状態のようですし。そもそも仕様として伝えられていない件に引きずられて、チェック工数が今更増えることは私も本意ではないので」

「……わかりました、チーフ。現バージョンにおいては無害なファイルだという言質だけとって、あとは通常どおり進めます」

「そうしてください」

発見時に明らかな不具合ではない場合は、仕様書と見比べて機能的な内容は開発部へ、シナリオやグラフィックのことならプランナーやディレクターへ報告することになっていた。今回はファイルの件なので報告先は開発部だが、リリース直前ということもあり、動作に支障が無い限り、余分なファイル一つで大きく何かが動くということはないと考えられた。

＊

品質保証部門では、仕様書に記載されていない箇所をチェックすることはこれまでいくらでもあった。テストプレイヤーの中には勘の働く者が多く、通常では操作しそうもない画面の時に敢えて違う操作をしてみることで、仕様の想定外の不具合を見つけ出すこともザラだ。そういった熟練スタッフたちによって、〈サークルフェニックス〉のアプリの品質は支えられていた。

件《くだん》のファイルも漫然と画面を眺めていただけでは見つけられない類《たぐい》のものだ。画面が変化する場所には必ず何かが起こる。そう疑う目が養われていないと発見できない内容である。

元々〈トレーディング・ファンタジー〉は、ボクセルと呼ばれる立方体のブロックを積み上げてワールドを作成する、クラフト系のゲームとして企画された。発掘や伐採をした資材アイテムを交換《トレード》するファンタジー風のゲーム、というわけだ。

だが、ＰＣでバトルロワイヤルゲームが流行しだしたことで、スマートフォン用にも同様のゲームが流行るだろうという予想のもと、研究開発状態だったＴＰＳのプロトタイプを急遽開発ラインに乗せるということで、プロジェクトは大きな方向転換をした。そこに、コンテンツ制作投資ファンドからの助言で、差別化を兼ねて公式ＲＭＴ機能とも呼べる仮想通貨を使用したトレード機能の企画が加わった。これは競合タイトルとなる〈野外行為〉などでアバターアイテムの販売があまり盛り上がっていないという情報を受け、ゲーム内コミュニティを盛り上げるという理由のもと、アイディアが追加されたのだった。

トレード機能は企画当初、不要アイテムを売却して有料ポイントに交換し、再びアイテム購入に活用できるというゲーム内リサイクルショップ的な側面があったが、それがいつの間にか仮想通貨を介して、ユーザー同士が売買するというものへと変化していった。

企画が開発中に二転三転することはゲーム開発につきものだが、仮想通貨を絡めるとなると当時の技術陣ではフォローしきれず、仮想通貨取引所としてポテンシャルを秘めていた〈コインパーチェス〉から何人ものプログラマーが転職してきた。さらにプロデューサー格までやってきて急遽の交代となり、彼らのことは「まとめて引き抜かれて来た」と社内で噂になっていた。

着任した寺嶋は、仮想通貨に詳しいだけでなく、〈コインパーチェス〉以前に大手ソーシャルゲーム企業でのプロデューサー経験もあったため、現場からの尊敬を得るのも早く、〈サークルフェニックス〉にとっては貴重な戦力となった。

この〈トレーディング・ファンタジー〉のプロジェクトも、仮想通貨取引という前例のない機能を有しているにも関わらず、トラブルらしいトラブルも無く、あったといえばOS企業の審査のせいでリリーススケジュールが多少遅れた点のみであった。

リリース時に不具合なく完成され尽くしているゲームなどこの世に無いとはいえ、寺嶋の社内での権力をさらに高めるぶんには、良い仕上がりだった。

*

「三番、寺嶋《てらじま》さんにお電話です」

寺嶋はビジネスホンの受話器をとり、点滅する内線のボタンを押して切り替えた。午前中に〈ソーシャルコーホーズ〉の営業からの連絡があったということで、田場川《たばかわ》からのアプローチが近いうちに来るだろうということは聞いていた。何度かメッセージやメールが来ていたのを無視していたら、電話がかかってきたというわけだ。寺嶋は受話器をとり、一呼吸してから、三番のボタンを押して通話を開始した。

「どうも、田場川さん。ご無沙汰です。電話、嫌いじゃなかったんですか。時間奪われるからって、嫌がってましたよね」

　メッセージやメールを無視してきたことを棚に上げて寺嶋は挨拶をした。

「こっちからかける分にはね。こうでもしないと、メールもメッセージも答えないだろ？　ウリエイターさんよぉ」

　相変わらず忙しいのだろうと田場川は予想こそしていたが、開口一番の皮肉じみた言われように、寺嶋へ返す言葉にも少し棘が出た。

「まあね。久しぶりに聞きましたよ、それ」

「自分で名乗ってたのにそれか」

「コインパーチェス《あそこ》にいてクリエイターを名乗ってなかった時期に、忘れたんですよ。今はプロデューサー業しかしてませんし」

　言葉の中に適当に嫌な雰囲気を混ぜることで、早々にも会話を切り上げたいという気持ちを寺嶋は醸した。田場川がビジネスに敏く、鼻が利くことについては重々承知で、できれば今やっているプロジェクトにはあまり首を突っ込んできて欲しくないとさえ思った。

「今度のゲーム、関わってるの？」田場川は訊いた。

「ええ、まあ」

なんだ、〈トレファン〉のプロデューサーをしていることを、知らなかったのか――。寺嶋は拍子抜けしてしまった。

「面白そうじゃないか。サークルフェニックス《そっち》に転職《うつ》って本領発揮ってやつ？　ウチのメディアにも出稿してくれてたって知ったの、ほんと最近でさ。連絡遅くなってすまんね」

「そうか、今はソーシャルコーホーズ《メディア》でしたね、田場川さん」

「広告枠に穴が開きそうになったって、営業が慌ててたよ。もう解決したんだろ？」

「その件でもし迷惑かけていたなら申し訳ないです。ただ、こればっかりはスマホの審査でゴタゴタしてたのが理由なんで」丁寧な中にも、少し投げやりな応答をする。

「なんか前からそういうの聞いてるけど、ゲームやサービスのリリースって、不可抗力が多いんだな」

「メディアも最近はアプリをやってるでしょう。状況は似たようなものですよね？」

「お恥ずかしながら、俺のやり方は旧態依然。アプリをやってるのは専門の部署だし、サイトに載せてく内容をどう作って広げていくかが、当分の俺の役目だからな」

「それで、わざわざ電話してきたのは、トレファンの出稿絡みです？　それとも何かの記事にしたいとか？」

余計なお喋りはこのあたりで止めたいと、寺嶋は話を急いだ。だが、田場川の興味はそこではなかった。

「今度の俺のセミナー、ゲストにどう？　ウリエイター……今はプロデューサー専業か。どっちにしろ最先端なわけだし。ゲームと仮想通貨、この組み合わせ相当ヒキがあるし、他で取り上げるようになってからだと遅い」

「遅いってそれは田場川さんのタイミングじゃないですか。リリース後にしたって、時間とれませんって」

田場川はセミナーの参加者を増やすために、話題になりそうな人物へ片っ端から声をかけているはずだ。そういう意識高い系の人々と一緒にされてはかなわないし、俺は埋め草なんかじゃない──。

そう寺嶋は思った。

「時間は作るものだろ。ほかのゲストと一緒に鼎談《ていだん》にする形でもいいよ。どんな組み合わせだって俺が進行できるし、セミナーに来てもらってるウェブメディアならいい感じでまとめて翌日には掲載してくれる。ゲームニュースに載るのは当然として、ビジネスのほうでもファンを増やさないと」

「それで声をかけてくれるのはありがたいんですが、実際、アプリのリリース後はトラブルも多いし、おいそれと会社を空けられないんですよ。田場川さんはあまりその辺のこと知らないんだと思いますけど」

田場川の押しの強さに、実情を交えて勘弁してほしい旨を伝える。

「それでも広報対応の時間なんかはとってあるだろ？　それに知り合いの文句の記者が『ウリエイター』に興味あるって。ま、俺の『アドリーマン』繋がりなわけなんだけどな。そういう取材ならそっちの広報をちゃんと通せばできるよな？　来月あたりで調整させてよ」

「ダメもとで頼んで押しの強さでもってくの、相変わらずですね……。わかりました、セミナーへのゲスト出演と取材の依頼ですね？　そうしたら、俺のスケジュールはアシスタントに任せてあるんで、そっちにお願いします」

「お、秘書がついてるとはいいご身分になったんだな。わかったよ。そっち経由で調整する。ゲーム、出たらやってみるよ」

「ありがとうございます。じゃ」

寺嶋は電話を切り、すぐアシスタントに「ソーシャルコーホーズの田場川からセミナーゲスト出演と取材の依頼があったら、適当に調整してくれ、断ってもいい」と社内チャットで伝えた。リリースが迫っているというのに、自分のコントロール下に置けない内容でスケジュールを埋めるわけにはいかなかった。

＊

そして、〈トレーディング・ファンタジー〉はリリース日を迎え、世界各国のアプリストアへと公開された――。

【平成最後のＩＴ事件簿】②コインハイブ事件とジョーク系スクリプト事件

２０１８年６月、サイトに組み込むことで閲覧者のＰＣを使用し、仮想通貨モネロをマイニングすることができる『Coinhive《コインハイブ》』ツールについて、それを設置したユーザー十数名が「不正指令電磁的記録保管（あるいは作成・供用）」の罪でそれぞれ逮捕あるいは検挙されるという事件が発生した。

この件で略式命令を受けた人物が正式裁判を請求、２０１９年３月27日、横浜地裁は弁護側の主張を認め「無罪」を言い渡した。サイトに新技術など何らかの機能を持たせることへの萎縮をもたらした事件として、人々の記憶に残ることだろう。

コインハイブ事件は仮想通貨のマイニングであったが、２０１９年３月にはジョーク系のスクリプトが設置されたＵＲＬをインターネットの掲示板に書き込んだとして中学生を筆頭に計５名が兵庫県警によって補導や書類送検を受けるという事件があった。

ここで不正とされたリンク先にあったのは、アクセスすると画面内に「何回閉じても無駄ですよ」と書かれたメッセージボックスが出現し、それを閉じてもまた表示されるという類《たぐい》のジョーク系スクリプトである。これは、20世紀終盤に流行した「ブラウザクラッシャー（ブラクラ）」と呼べるほどの効果はなく、表示されているブラウザのタブを閉じることでも、ブラウザ自体を終了することでも、問題なく画面から消すことができる。より悪質な広告表示のスクリプトも広く存在するため「なぜこれが？」という感想も多く、捜査の方針が不明確ではないかという警察への批判を示す意見も出た。

こういった社会の見方から、技術的な研究会の開催を自粛する動きもあらわれた。「何をしたらどういう罪になるのか」が明確でないまま、誰もがサイバー犯罪の加害者として疑われる時代になってしまったのは憂慮すべきことといえる。

また、被害を受ける側が悪意あるプログラムにアクセスしてしまったとしても、セキュリティソフトウェアで防護しておく等の事前対策が考えられるが、著名なスマートフォン用セキュリティアプリが、不審な動作をすることを理由にOSのストアから撤去されるという笑えない珍事件も2018年には発生した。

第三話　熱狂

1

晴れて〈トレーディング・ファンタジー〉がリリースされたその日、人気V《ブイ》チューバーの『キッズなキョウコ』のチャンネルが更新された。

「はろー！　どーも！〈ティロリンティンッ！〉Vチューバーの、キッズなキョウコです！　今日は〜、出たばかりのゲームアプリ、トレーディング・ファンタジーを、やっていきたいと思いま〜す！　レッツ・トライ！　いっちゃうよぉ〜」

配信された動画では、リアルタイムCGで描かれ、モーションキャプチャーと思われる技法で描画された美少女キャラクターが、時折ネットスラングやデスボイス演出を混ぜながら〈トレーディング・ファンタジー〉を実況していた。左上寄りにスマートフォンの横長画面がそのまま映し出され、若干カブるようにして右下を起点にキョウコが表示されている。手元のスマホを動かしながら、プレイの展開に一喜一憂するというスタイルでの紹介だ。

「まずは〜、キャラクターを選ばないといけないのかな。ヴぇえええ〜。全部かわいいじゃないですかぁ〜。前に配信した『野外行為』とかぁ、スポンサーでもなんでもないんでディスっちゃいますけどぉ。アバターどれもかわいくなさすぎで、選ぶの大変だったんですよね〜。これは〜顔パーツも細かく変えられて、これ後で直せるのかな……えい、えいっ、とこんな感じで、できました！　似てる？　ちょっと不思議な感じしますね〜」

そもそものCGキャラクターであるキョウコが自分に似せてゲーム内のアバターキャラクターをクリエイションする行為は、これまで「彼女」の配信を欠かさず観てきたようなファンの目には日常茶飯事に映ったが、動画サイトのサジェスチョン経由などで初めて見た人にとっては、とてもシュールな光景に感じられた。

「ほぉ〜ん、ここで職業を選べるんですね。いつでも切り替えられるみたいです。なるほどぉ、戦士ちゃんはぁ、セクシーですねぇ。魔法使いは……。あ〜っ！　見てください、ＫＡＷＡＩＩっ！　魔法で遠距離攻撃できるのかな。生き残りやすそうなのがいいんだけどぉ〜、っと、えいっ！　思い切って遊び人を選択してみましたぁ！　遊んでばかりの遊び人ッ！　キッズなキョウコにピッタリ、ですよねっ！」

先ほど作成されたアバターに「遊び人」の衣装が着用され、そのキャラが操作に合わせてゲーム画面上でくるりと一回転する。すると、画面内に、視聴者から送信されたハートマークが飛び交った。

「ほほ～。光の玉が割れて、この島に散り散りになったところに生まれたのが私たちということなんですねぇ～。えっと、倒したキャラの魂を集め、勝ち残りし者が世界を修復に導く、というストーリーみたいです。セカイ、壊れちゃってるんだぁ～」とローディング時に表示された簡単なストーリーを読み上げる。

それから、規定数のプレイヤーを募るマッチングが行われ、キョウコのキャラクターはギリシャの島か何かのような、西洋遺跡が点在する島に降り立った。

最初はグルグルと周囲を見回すだけだったが、すぐ他のプレイヤーに見つからないようにという指示が表示され、キョウコはキャラクターを近くの岩場へと身を隠すように移動した。

「武器は、右手と左手に一つずつ持てるみたいです。今この遊び人のキャラが持ってるのは……スリング。何でしょう、石を投げるやつみたいです。ほいっ！　ほいっ！　無限に石が飛んでいきますね～」

しばらくすると投げていた石にまるで当たりに行くように他のプレイヤーが飛び出してきて、石の直撃を食らってそのまま倒れ伏した。

「あ、一人やっつけちゃったみたいです。見に行ってみます。お、いい杖持ってるなぁ～。取れるのかな。取れた。取れましたね。追いはぎですぅ～。この杖、魔法使い用のかな、あ、でも使えそうですね。ヴぇぇぇぇぇ～！『伝説の魔法の杖』って書いてある。この人、伝説の杖を持ってたのに戦う暇なく石に当たったとか、ヤバくないですか？」

笑い声を響かせながらその『伝説の魔法の杖』を左手に装備する。スリングで石を投げた時のように、キョウコが画面をなぞって魔法の杖を操作すると、大きな光球が画面の奥のほうへと飛んでいき、小さく表示されていた遠くのプレイヤーを撃破した。

「この杖すごぉい！　自動追尾《ホーミング》もついてる！　ラウンドを生き残ってクリアすると、手にしている武器のどちらかだけ持ち越し可能ってことみたいなんで、フィールドでいい武器を見つけたら大事に持っておいて次のラウンドに持ち込むのがよさそぉ～」

杖の強さもあってキョウコの操作するキャラクターは次々に現れる他のプレイヤーを倒していく。それに従って画面内のインジケーターに表示されていたこの島にいる他のプレイヤーも徐々に減っていった。

そして最終的に、キョウコがバトルロワイヤルの「最後の一人」となり、そのラウンドで優勝した――。

「持って帰れた武器は、なんとフリマみたいな機能で売れるみたいですぅ～。これがトレファンの特徴でぇ、次のラウンドに持ち込んでもいいし、売っちゃってもいいってすごくないですかぁ？売られているものを買ったら、それも持ち込めるんだって。だからリアルラック無くてもマネーパワーでなんとかできる！　ちょっと先ほどの『伝説の杖』を売りに出してみて、明日はそれが売れたかどうかチェックするところから始めてみたいと思います！　みんな、買ってね！」

表示されていた画面がゲーム内アイテムのマーケット機能に切り替わり、さっき他のキャラクターから奪取したばかりの魔法の杖を売りに出す。

「そうしたら、いくらくらい付けたらいいかなー。ヤミマに出品するみたいで楽しいですね～。じゃあ、５０００円！　高っ！　自分で値付けしたけど高い。レア度とかあんまりわかんないしぃ。ということで、たぶん買われないって思いますけど、見かけた方はよろしくお願いしますぅ～。あ、これ円じゃなくて、単位はコインなんですか？　５０００って書いて出しちゃったんで、５０００コインのことみたいです！　使われてるの、クライシスコインっていう仮想通貨だって。キッズなキョウコ公認コインにしちゃお～かな～　え、だめ？」

先ほどの『伝説の魔法の杖』が５０００コインで登録され、マーケット機能の「売りますリスト」の一番上に掲載される。しばらくその画面が映されていたが、パッとリストから杖が消える。通知欄には「出品していた『伝説の魔法の杖』が売れました」と表示された。

「え、あれ、もう売れた？　明日に結果発表しようと思ったのに。５０００コインっていくらになります？　……っと、今、ググってみたんですけどぉ～、なんと、１コイン１００円くらいなんですね。って……ヴぇえええぇ～！　50万円になっちゃった、ってことですかぁ！　皆さん！　すごいことです。キッズなキョウコこれまでも何度かガチャ企画や、宝くじをたくさん買う企画をやりましたけど、瞬殺です、瞬殺。トレファンの中で何気なくゲットした武器が50万円になっちゃいましたぁ～！　ありがと～　誰だかわかんないけど、散財するなよ～」

ただでさえ視聴者数の多いゲーム実況ではあったが、さらに実況終了後の動画アーカイブも再生回数があっという間に伸びていく――。

ツイッターを始めとしたＳＮＳでは、〈トレファン〉アプリを通じて投稿された内容が、タイムラインを埋め尽くしていった。

▼りょうくん @ryo_love★_with_k・45秒
今やってるバトルロワイヤルゲームはこれ！　今のジョブはこれだよっ！
「麗しの戦士！　この鎧、案外動きやすいんだから！」
返信０　RT５　♡２

＊

▼さんどまん @deathfrom★livingdead・58秒

今やってるバトルロワイヤルゲームはこれ！　今のジョブはこれだよっ！

「遠くから魔法、撃っちゃいま～す。可愛くクレバーな魔法使い！」

返信０　RT１　♡１

＊

▼マフユ◣黄泉比良坂47神推し @mafuyu ★saiandokou・１分
@ouen★master スパマーは逝ってくださって、どうぞ。二次元偏愛のキモオタは速攻ブロック上等。
返信３　RT２　♡２

＊

▼ジン@月収３００万以上 @dsfgdosa8n98★・２分
トレファンというゲームで仮想通貨大量ゲット。現在やり方をブログにまとめ中。早い者勝ち相場なので刮目して待つべし。日々是成長、只々感謝。
返信６　RT８　♡58

＊

▼ウェルニッケ中枢 @ouen★master・３分
今やってるバトルロワイヤルゲームはこれ！　今のジョブはこれだよっ！

「スーパーテクニシャン！　盗賊は素早くトラップ解除する！」
返信0　RT1　♡2

＊

▼次世代億り人伝道師 @million★for★all・5分
『トレファン』、これは来ますね。早速『クライシスコイン』に100万張りました。もちろん他の仮想通貨同様、ガチホで行きます。
返信11　RT188　♡383

2

「……今晩中にアップ、いけるか……？」

マルチモニタでV《ブイ》チューバー「キッズなキョウコ」の配信をサブモニタに表示させたまま、初瀬《はせ》はPCに向かって自作のサイト『トレファン★ファン』の記事を入力しながら呟いた。〈トレファン〉自体に関してエリナの資料で掴んでいたので、おおよそ予想できる内容については一週間前から徐々に記事を作成して仕込んでおけた。公式サイトなどで公開されている情報からスタートしている他のアフィリエイトブロガーなどと比べたら、だいぶ有利だ。

攻略サイトは、今や労働集約型の事業として企業レベルで制作と運用を行う時代だ。初瀬のように一人でコツコツ書いているブロガーやアフィリエイターは、凝った記事を書けば書くほど企業サイトにパクられて徒労となることも多い。だが、攻略記事を剽窃されたからと訴えに出るような体力もなければ、そんなことをすればゲーム企業非公認で作っている手前、悪目立ちしてしまう。スピードと他には真似できない内容でまず先制して、そこにどうやって利用者を引き込むかが重要だった。


初瀬は、これまでいくつもサイトを起ち上げてアフィリエイトで儲けてきた経験から、バトルロワイヤル系ゲームに概ねありそうな情報はウィキ部分にヤマを張っていくらか書いておけた。ある程度様式の固まっているゲームは、そこから大きく逸脱したゲームシステムにはなりにくい。「最後の一人になるまで残れたら勝ち」というルールが一つあれば、他のゲームを参考にして、例えば「広いフィールドは見つかりやすいから危険」「近距離武器を持ったら、徹底的に隠密行動をとりレーダーを駆使」など、通り一遍の攻略法は想像がつく。逆に想像もつかないような新しいギミックに溢れていたり、高度な操作テクニックを強いられたりするゲームは、マニア受けは良いかもしれないが、大多数のプレイヤーにとってはとっつきが悪くなって、客離れを起こしてしまう。

エリナの持っていた資料には、開発中と思われる画面写真がいくつも出ていたし、ご丁寧にゲーム内の各職業を代表するキャラクターは網羅されていたから、ゲームがリリースされてから公式サイトを漁らずとも済んだ。もしコピー用紙ではなくファイルで受け取れていたなら、文字を打ち込む手間も省けたかもしれない。

初瀬はスマホで〈トレファン〉のスクリーンショットを撮りながら、すぐクラウドのストレージに画像を同期させ、攻略サイトに貼り込んでいった。

初瀬にとって〈トレファン〉の特長である仮想通貨について、そのイロハを書くことはお手の物だった。これまで国内主要取引所での口座の作り方は何度もブログに掲載してきたし、仮想通貨にもゲームにも詳しいことは相当なアドバンテージだ。

今回は〈クライシスコイン〉が国内の主要取引所では売買できないので、アプリ内で受け取る以外の入手をしようとしたら、現金でビットコインやイーサリアムといったポピュラーな仮想通貨をまず購入して〈クライシスコイン〉へと両替する必要が出てくる。国内取引所の口座開設には身分証の送付などによる本人確認がどうしても必要だが、法定通貨を経ないウォレットサービスや仮想通貨同士の両替サービスなら、海外サイトにいくつかある。これまで書いてきた仮想通貨のテクニック記事を繋ぎ合わせて、初瀬は単純作業であるかのようにサイトを完成させていった。

初瀬の見立てでは、この〈トレファン〉は、相当開発費《カネ》のかかったゲームだ。エリナの所属するアイドルグループ起用のタイミングもうまいと感じていた。なにしろ日本人のうち大半が使っているというメッセージアプリのサイバーセキュリティキャンペーンに出演したことで、よりファン層が拡大している真っ最中だ。通常のバナー広告は、出稿の範囲を広告主が指定するので、無駄打ちはしない。ところがあれはメッセージアプリ企業が啓蒙のために作った画面だから、何千万人という利用者すべてが目にしている。この効果は、バカにできない。

エリナと付き合うようになってから初瀬は、こっそり『黄泉比良坂《よもつひらさか》47』と『江ヶ崎エリナ』というキーワードがどのくらい話題になっているかをSEO用のツールを活用して、検索でヒットするニュース記事の量やSNSでの言及数を記録してきていた。ライブ前後やメディア露出時は当然のように跳ね、そしてあのメッセージアプリのサイバーセキュリティ特設サイトが公開された後には大きく増加し、右肩上がりのグラフは落ち込みを見せることなく、平時の話題量が底上げされていることも把握していた。

そんな周辺事情からも、〈トレファン〉は〈コインパーチェス〉事件以来のネットにおける大きな話題として外すわけにはいかなかった。

初瀬がサイトに一通りの記事をアップし終えたのは午前4時。立ち上がって伸びをして振り返ると、いつの間に帰ってきていたのか、エリナが寝息を立ててベッドで眠っていた。

3

〈J-NEGA《ジェイネガ》〉の事務室では、湯浅が〈トレファン〉をインストールしたスマートフォンを卓上スタンドに置き、気になる箇所を発見してはスクリーンショット画像を撮ることに躍起になっていた。

「これ、有料ポイントを売る時に特典《オマケ》でクライシスコインをつけてるんですよ。やるなぁ。直接販売してないから、現行法で仮想通貨取引所にあたらないってことだと思うんスけど、ゲームだし、プレイヤーからそんなところを突かれることもないですよね」

「ん。総付け景品なら景品表示法で限度が決まっている。そっちには合っているのかね?」衡山は湯浅へ尋ねた。

「あーっと、そうですね。取引価額の20パーセント《パー》超えてたらアウトか。クライシスコインは相場で価格が変わるから……確認します」

湯浅は海外の仮想通貨取引所サイトを表示させ、〈クライシスコイン〉の価格を確認した。いつICOされたかはよくわからなかったが、表示期間のレンジを変更すると、プレセール購入者が売ったのかサイト上のグラフの左端で一度価格が下がっており、〈トレファン〉リリース後のあたりからじりじり上がっているように見えた。

「今のところ金額についてはまったく問題ないッス。1000円以上の場合は取引価額の10分の2までOKでしたよね。有料ポイント1000円に対し、今だと1コインなんで、およそ100円分のクライシスコインつけてますね。ご丁寧に、買う画面に『特典の量はクライシスコインの価格の変動により、あらかじめ告知の上、変更することがございます』って書いてある。見合わなくなったら変えるんだろうから現時点では妥当スね」

「うむ。念のため価額を表示して景表法の範囲内に収めているというアピールをしている、ということになるわけか。だが価格が急激に上がったときに対処できるのかね」

衡山が湯浅と会話した範囲では、仮想通貨が配付されるその方法や割合にさほど問題はなさそうだった。だが、このアプリの仮想通貨に関連する懸念は全て洗い出しておきたかった。何かの問題をきっかけに仮想通貨を使用したゲームの規制が進むと、資金決済法と切っても切れない関係にある現代のネットゲームすべてに、少なからず影響が及ぶと考えられるからだ。

「所長。このクライシスコインってどういう扱いになるんスかねぇ」

「前払式支払手段なら資金決済法の規定によってサービスに残存している量に応じて保全のための供託金などの制度が適用されるが、クライシスコインについては普通に考えて2号仮想通貨と解釈したほうがいい。無料で配付されているかどうかは関係ない」

衡山が説明するたびに、湯浅は該当の箇所をすぐ検索し、その度に「よくできてンなぁ」という一言を付け加えた。

「さっきの価値についても、今は1コイン100円程度かもしれんが、運営会社からしたら会計上、期末時価評価とすべきだろうな。その時点での価格変動の結果を持って、景品としての経済的価値が総付景品の制限を超えた場合については……」

「わかった！　わざと20％超えないように暴落させて価値ないですよーって言えばいいんだ」

「む。君はそんな運用ができると本気で思っているのかね」

「すみません。確か2号仮想通貨の要件って、不特定多数の利用者と1号仮想通貨に交換できることと、あと、何でしたっけ?」

「電子的な移動ができること、だな。1号通貨への交換や現金への両替はこのアプリ内でできないが、運営会社のサークルフェニックスはそれをもって取引所ではないと突っ張っていいかどうかは、まだわからんな。仮想通貨交換業への登録を不要としたいのかもしれんが……。他にもビットコインを独自の交換可能なデータに替えてサービス内で使うようなサイトはいくつもあるが、ハッキリと黒白ついたわけではないからな」

「クライシスコインを直接買えないってだけで、急に判断つかなくなりますね。手に入れるにはゲーム用の有料ポイントを買わないといけないっていうのも、無闇に無償配付《エアドロップ》するよりいいしなぁ。これ、特典《オマケ》につけてるコインはサークルフェニックスさん、自腹で買ったコインですかね。プレセールで確保しておいたのかな」

「うむ、どうだろうな。それにしても、ゲーム利用でポピュラーなイーサリアムを使うのではなく、わざわざ同時期にクライシスコインを海外でＩＣＯしたと考えると、相当大きなプロジェクトのように見えるが、その辺はどこからか読み取れるかね」

「そうッスねぇ。ゲームのプレイヤーにはそういうの関係ないからか、アプリ内には書いてないッスね。公式サイトには使い方の説明は出てましたけど、むしろ大したこと書いてなくて説明が足りない感じだったし、あれッスかねぇ。資金調達も兼ねてるとか。アプリが流行れば、アイテムの売買機能でクライシスコインの売買も増えるっていう、風が吹いたら桶屋が儲る的な」

「わからんな。前に調べてもらったゲームのように、ゲームとしての出来がまずくてサービスを休止となるような場合もあるからな。……肝心のアイテムトレードはどうなっている。有料ポイントとクライシスコインが混在しているような状況は考えられるかね？」

衡山は後で湯浅が詳細のレポートを上げてくることを見越しつつも、重要な点を早期に確認しておきたいようだった。

「マーケット機能ッスね。早速売買している人が出てるみたいですが、混在はないですね。使えるのはクライシスコインだけ。１０００コインとか、10万円分か。景気のいい値付けでアイテムが並んでます。アイテムを出品してコイン価格を指定しておくタイプです。オークションではなさそう。アプリの外に出せる仮想通貨で売買できるってだけでヤバそうスけど」

「以前のカードゲームで懸念されていた賭博については、直接コインを購入しているわけではないから、ガチャで出たアイテムがレアだろうがノーマルだろうが、マーケットで売ったあとにコイン価格が上下しようが、表向きは得喪《とくそう》を競っていることにはならないのではないかということだったな」

「賭けたわけじゃないですね。マーケットで売れるとも限らないし、売れなきゃ値付けを下げるわけですよね、ユーザーは。需給があるから必ずしも得になることもないし、このマーケット機能があることで射幸心煽るのはちょっと難しそうだなァ。どうなんだろ」

衡山はしばらく腕組みをして、湯浅のスマホを覗き込んだり、ＰＣの画面に表示されている関連サイトを眺めたりしてからいった。

「マーケットでの売買が頻繁に成立するとして、射幸心を煽る方向になっているかどうかはもう少し動向を見ておきたいものだな。買う側にもクライシスコインが無いとこういうものは成立しないだろう。いわゆる出来高がなければ取引自体に魅力が無くなる。取引へ誘引する状況があるかどうかはわかるかね？」

「確かに。ＲＭＴは買う人がいるから成立するようなもんですよね。クライシスコインだけ持ってる人っているのかな。そもそもこのアプリ、他のところからクライシスコインの入金、できるのか……？」

湯浅は画面上のメニューボタンを上から順に触っては画面の要素一つ一つをタップして遷移を確認し、指を行ったり来たりさせた。

「っと、一応できますね。とはいえ、仮想通貨に詳しくないと簡単に入手できるもんじゃないから、今のところは特典《オマケ》でもらえるクライシスコインを中心にマーケット機能でなんとかしてくれって感じみたいスね。現金化できそうだからといって有料ポイント買いまくってオマケのコインをもらおうっていうのも本末転倒だなぁ。今のところ十分の一くらいしか付いてこないわけだし」

「そもそも使用場所がマーケット機能しかないクライシスコインだ。有料ポイントを大量に買うユーザーほど余るんじゃないかね。例えばガチャにつぎ込んだりすれば、すぐ貯まるのでは？」

「……！　所長マジ頭いいッス、それだ。ガチャのほう、もう一回確率見ます」

スマホの画面の下部メニューからさっきやったように『ガチャ』を選択し、「獲得できるアイテム一覧」を確認する。

「あー、このウルトラレジェンドレア、０・０００１パーセントって書いてありますね。低い確率を表示する分には問題ないんでしょうけど、これが欲しい人は有料ポイント買いまくってガチャやるし、クライシスコインもその10パーセントは貯まってることになりますね」

「やはり、そこで目当てのものが出なかったユーザーは、手元に特典のクライシスコインがそれなりに残るというわけか」

「ッスね。いやぁ、そうしたらマーケットに、いい出物が無いか探しちゃうなぁ。ゲーム内で出たアイテムも売り捌けるわけですし。出品されてるのはノーマルより良ければウルトラレジェンドレアみたいなのじゃなくて良いわけでしょう。それ使ったほうが、ゲームが有利になるんだから。ゲームの面白さみたいなのはもうちょっとやり込んでみないとわかんないスけど、フツーに考えたら買うわこれ」

「湯浅君。クライシスコインが扱える取引所、日本円への直接換金ができるのかどうか念のため調べてもらえるかね」

「はい、もうちょっと調べてみます。おそらく直接の換金はできないと思いますけど。先日、海外の取引所でも金融庁から警告出てたと思いますし」

すぐに湯浅は〈クライシスコイン〉を扱っている取引所のメニューをくまなく探した。

「……やっぱりできなさそうですね。ストレートにはクライシスコインを日本円には換えられません。2号通貨ってことでビットコインやイーサリアムに換えられるハードルが低ければってことですね。そんな個人にマネーロンダリングみたいなことさせて……って、ありました。別の仮想通貨を挟めばできますね」と、湯浅はすぐに交換できるサイトを探し当てて表示してみせた。

「うむ。できるだろうな」

「クライシスコインをＩＣＯさせたシンガポールの取引所とは全然運営が違うっぽいですけど、中国系かな。両替みたいな機能だけ提供してるサイトがあります。ＫＹＣ（顧客確認）、要らないですね。リアルな通貨を使わないからか」

「ん。現金を取り出すのに手間はかかるが、少なからずできるようになっているというわけか」

「なんで都合よくこういうサービスあるかな。英語ですけど図解と動画入りの解説ページあるし、ヤバすぎっしょ。ビットコインからクライシスコインにも換えられますね。送り先も指定できるから、ビットコインからこのサービス介してアプリに送り込むの、難しくはないです」

「日本の現行法の枠組みではそのあたりまでだろうが、大したものだな」

「ＲＭＴでいつも問題になってるのと同じで、『取引』と『決済』が別れてるってことですよね。取引だけゲーム内に持っておいて、決済は外側だ」

「いずれにしても弁護士の先生も入れて整理をする打ち合わせを持ったほうがよさそうだね。湯浅君、日程調整するからレポート、早めにお願いできるかな。こういうゲームアプリがある以上、対岸の火事とは言ってはいられないからね」

「もうすでに、どこかの役所の偉いさんから懸念を聞いてるって感じッスね。役所にもネットゲームのビジネスに詳しい人、いるんですか？」

「ん。そこから先は私の仕事だからね」衡山は明言せずに、湯浅からの質問をシャットした。

「……ですよね。あと、攻略サイトとかも調べておきますか？　このサイトなんスけど、ゲームの攻略だけじゃなくて、仮想通貨取引所の口座の作り方も出てるんスよ。……あ、さっき見つけた海外の交換所も出てる。アフィリエイターが作ってるんだろうけど、ゲームリリースされたばかりなのに、充実したサイトだな。こういうのも、ほんとよくできてンなぁ。」

「さっきから感心してばかりだね、君は」

「昔からですよ。ＲＭＴやってるサイトはカスタマーサポート、凄まじく良かったりしますからね。10年前にはリアルタイムチャットサポート、普通にありましたから。大体公式の説明よりもわかりやすく載ってんスよねぇ。盗人猛々《ぬすっとたけだけ》しいというか」

「いずれにしても、急ぎで頼むよ」

「このあとは所長、会食ッスか？」

「ああ。レポートを待ってられないという御仁もいらっしゃるもんでね」

「やっぱりお偉いさん案件なんスね。了解ッス」

湯浅は以前と同様に、複数台のスマートフォンを器用に操作しながら、ＰＣでレポートを作り始めた。

「じゃあ、行ってくる。直帰だから、鍵だけよろしく」そういって事務所を出て行く衡山を、湯浅は呼び止めた。

「……っと、待ってください所長。今、ツイッター見てたら、アイテム50万で売れたってのがあったっぽいです。Vチューバーで『キッズなキョウコ』っていうのがいるんですが、それの配信中にいきなり売れたって。５０００コインか。これ書き込みホントかな。サクラが買ったのかな」

「およそ50万円分か」

「ですね。それでさっきマーケット機能にならんでるアイテムの値付け金額が大きかったのか。強気の理由がわかった気がする。みんな何十万か手に入れるつもりでゲームやってるとか、異常ですね」

「少し手間は増えるが、どれくらいの価格で何が出品されているか、記録しておいてくれ」

「はい。ちょっと時間かかるかもですが、朝までにはメールしておくようにします」

「いつも済まないね。大きな波が来てから後手後手で動いていたのではゲームの健全なイメージは保てないからね」

衡山はそれだけいうと、事務室を出てエレベーターホールへと出て行った。

「……それにしてもこのサイトの作者、詳しすぎだな。連絡とってみるか」

湯浅は自分のスマートフォンを取り出し、Ｗi-Ｆiを０ＦＦにしてＬＴＥ回線になったのを確認してから『トレーディング・ファンタジー攻略サイト　トレファン★ファン』へアクセスした。そして問い合わせフォームから、サイトにタイムリーな記事が載っていて素晴らしいという誉め言葉と、管理者が食いつきそうな仮想通貨に関する質問を、いかにも普通のプレイヤーが書いたようにしたためて送信した。

4

数日後。湯浅が事務室に入り「所長、お疲れ様です」と声をかけると、衡山はPCのモニタから顔を上げた。

湯浅がメールを送ってから何日か経過していたが、湯浅宛のアドレスに『トレファン★ファン』運営者からの返事は無いままだった。

「ん。先日のトレーディング・ファンタジーのレポート、流れ図がついていたおかげで、先方にもわかりやすく説明することができた。この調子で、これからも頼むよ」

「わかりやすいと言ってもらえてよかったッス。読む人みんながゲームのプロってわけじゃないですからね」

鞄を袖机の下側の大きな引き出しにしまい込んで、湯浅はPCをスリープ解除し、指紋認証してログインした。

「所長。あのあとも毎日色々追ってるんですが、トレファンにも動きが出てきたんです」

「ほう。動きというのは、何かのアップデートかね」

「それが、アプリ自体はまあ粛々と運営されているというか、ツイッターや動画サイトでも広告出てますしプレイヤーが増えているのは日に日に感じるんですが、ヤミマでクライシスコインが売買されてるんスよ」

「ユーザーは増えていっているということか。母数が大きくなれば、話題にもなる。スマホを見ていても、ゲーム系のニュースサイトだけでなくビジネスニュースでも紹介されていたからな。で、ヤミマで売買というのは何かね」

「フリマアプリで現金化するやり方が出てきたんスよ。レポートにリンク載せておいたその『トレファン★ファン』って攻略サイト発祥なんスけど、クライシスコインをビットコインやイーサリアムに換えたり、それを日本の取引所に移して現金化したり、面倒じゃないですか」

「そうだな。そんな面倒をプレイヤーがどこまでやるのか、という印象だったが、海外の取引所や両替サービスを使わずに、フリマアプリを換金所代わりにしているということか」

「ですです。競馬のノミ行為みたいなもんで、即物的だなぁ。ダイナミズムありますね」

「む。ヤミマの決済を使って送金代わりにすることは想像できるが、ゲーム内でクライシスコインを一方通行で渡せるのかね？」

「そこもうまくやってて、プレゼント機能みたいなのは無いんスけど、マーケットでゴミアイテムに高値をつけておくんですよ。そうすると一般のプレイヤーは間違っても買わないじゃないですか。で、クライシスコインをヤミマで売るほうは、そのゴミアイテムを買うことで、クライシスコインを相手に渡すわけです。クライシスコインを受け取ったほうは、今度はヤミマのアプリで決済すると手数料はかかるんですけど、相手に現金が振り込まれます。ヤミマでの売買とクライシスコインの移動がシステムで紐づいてないのに。薄っぺらい信用だけでよくやるなぁ」

「うむ。我々がＲＭＴで15年以上問題にしてきたこと、そのままだな。そのうちアカウント売買もおおっぴらに行われることになる」

「そのまんまッスね。ゲーム内のデータをゲーム外で現金化。クライシスコインを送る側も、ヤミマの運営が回収してくれるおかげで現金のとりっぱぐれが無くて安心っていう」

衡山は眉間にしわを寄せた。

「……概ね内容はわかったが、様々な法律の観点で考えて解きほぐさないと、まとめては解決できない。このまま放置すれば複雑化して十把一絡げに問題視されてしまう」

「問題視って、やっぱあれからも偉い人たちの間で話題になったりしてつるってことッスよね？」

「うむ。全容を把握できている人はいないが、ゲーム業界全体への飛び火は避けられないだろうな。

ただでさえ今のゲーム業界は、ｅスポーツの賞金を巡って景表法の枠組みや報酬の区別、あるいはＩＲ推進法でのギャンブル定義から果ては八百長試合への懸念にまで議論が及んでいる。その反対側からはゲーム障害という言葉が一人歩きし、ゲームを重篤なスマホ依存症の原因に置かんとする空気もある。ここに仮想通貨を用いたゲームが射幸心を煽る上に、換金に際して海外の取引所経由の迂回取引が行われているなんて話題をブチ込んでみたまえ」

「あー、これまで以上に『ゲームはけしからん』ってなるわけッスね」

「対処を間違えると、メディアの好奇の目にさらされるだけでなく、政争の道具に使われて、草一本残らなくなる」

「もちろん、味方してくれる役人なり政治家さんたちとうまく話を進めてるとこなんですよね、所長は」

「産業の振興という観点で、前向きな対話は尽くしてきたが、もしこれを皮切りに世論が悪いほうに傾けば、そこに肩入れする義理は、誰にもないな」

「ロビー活動の限界ってやつッスね……」

「そうならないためにも、サークルフェニックス社へのヒアリングをしに行かないとならんのだよ」

「あ、今日のスケジュールに入っていた往訪って、それだったんですね」

衡山は黙って頷くと、またパソコンのモニタへと視線を戻した。

湯浅は鍵のかけてあった検証用機器の入っている引き出しからスマホを数台取り出すと、それらを並べていずれも〈トレファン〉を起動し、一通りのゲーム内お知らせや、キャンペーン説明画面をチェックしていく。

「あと、やっぱりこのアプリ、iOS版以外はゲームのあんまり重要じゃない場面ではマイニングしてるっぽいんスよね。たいして描画に凝ってるわけでもないのに、スマホが温かいままだし、なんならバトル中より熱くなることもあるんスよ」

「……前にレポートしてくれたカードゲームと同じか」

衡山は顔を合わさないまま湯浅に反応した。

「ですね。iOSはそういうアプリは審査で弾かれるようになったみたいですけど、それ以外のところは概ねユーザー同意を済ませればOKってことになってるんですかね……」

そこまでいって湯浅が思い浮かべたのはウェブサイトにマイニングのスクリプトを設置したブロガーが、警察の家宅捜索を受けたというニュースだった。

明確な同意なく端末に負荷をかける行為に違法性があるということだが、閲覧者の意図しない動画広告などでも同様の負荷は発生するため、議論の行く末はまだ誰にもわからなかった。だからもしトレファンがマイニングを裏でしていたら、類似の件として世間に受け取られていくのではないかと考えた。

「……どうやら同じことを考えているようだね。アイテムの換金、あまりお行儀の良いとは言えないマイニング。疑惑のデパートと呼ばれても不思議はないということだね」

「他のバトルロワイヤル系ゲームでは、ボイスチャットが未成年用の出会い系なんて呼ばれ方をしたりもしますからね」

「メッセージアプリも未成年略取問題のとばっちりを受けたりしたからな。良いイメージづくりをしていく以上に、一つ一つに真摯に向き合っていかなければ、あっという間にゲーム産業はつまらないレッテルをたくさん貼られることになる」

「ボイスチャットは小中学生多い印象ッスね……。それを未成年略取って言われたら地獄だなぁ。他のも併せて、数え役満みたいな」

「言い始めたらキリは無いがね。テレビＣＭに出てくる女性キャラクターの肌の露出度合いが激しいと、クレームが入るケースも出てきたそうだ」

「うへー、マジすか。まぁ確かにＣＭに乳揺れするアニメキャラ出されても、お茶の間で直視はできないもんなぁ」

「ＲＭＴの温床となっているヤミマもそうだ。以前流行したフリマアプリはゲームアカウントやデータの売買をコンプライアンスのために取り扱い禁止にしてくれたが、どうもヤミマは筋が悪いみたいだからな。アプリを作っている会社が海外で連絡がつかないらしく、運営は国内のようだが、詳細を掴んでいる時間がない」

「そんなにヤミマってヤバい感じなんスか。あんまりリアルの物流がどうなってるかなんて気にしてなかったんスけど、大変そうだ」

「そういう状況で湯浅君にはいつも負荷をかけているとは思うが、よろしく頼むよ」

「はい。ゲームが一緒くたにダメにされるのを指くわえて見てることはできないんで、できる限りやります」

5

「お、いってらっしゃい。ライブだっけ？　レッスン？」

初瀬《はせ》は、エリナが化粧を終え仕事に出かけるタイミングで声をかけた。

「今日はレッスンと打ち合わせ。なんか体が重いから、タクシー呼んであるんだ」

エリナは玄関で、キャリーバッグの伸ばしたハンドルにもたれるようにしながら、気だるそうに答えた。

「体調、悪いのか……？　無理すんなよ。途中でマッサージでも寄っていったら？」

「うん、たぶん気圧の問題。最近天気悪い日が続いてるし。アプリでタクシー呼べるから便利だよね」

「エリナはアプリ、色々使いこなしてるよな。この前エリナに教えてもらったヤミマの使い方を組み合わせて、アイテムの売り捌き方をブログに載せたら、結構バズってアフィリエイト踏んでく人が増えた」

「当然でしょ。誰だって難しいことしたくないって。仮想通貨をお金にしてる人はリテラシーっていうの？　それ高すぎなんだから、普通の人には簡単にお金にできる方法を言ってあげないと」

「そうだな。クレジットカード枠でブランド品を買って、リサイクルショップに買い取らせて現金化するようなもんだよな。手数料引かれて満額手に入らなくても、現金で今のいまいまで欲しい、なんて人はむちゃくちゃいる。そういうのに気づくの、すげえよ」

「また去年のビットコインみたいに、儲けられそう？」

「ほんとそこに興味行くよな。取引所の口座開設のアフィリエイトは去年より渋くなってる。ゲーム攻略と仮想通貨とヤミマの使い方で三倍の手間かかってるから、もっとハネてくれないと骨折り損」

「一人でできることには限界あるしね」

「クラウドの人材サイトで在宅ライター募集して、記事の水増し依頼をしてるから、完全に一人ってわけじゃない。でも、トレファンが今の調子でもっと流行ってくれれば、それなりにいけるかなってレベル」

「そう。あたしは拘束時間の大きい生き方してるから、どっかで時間売りみたいなことじゃなくて、ビジネスにしなきゃいけないんだろうな……」

「ビジネスにしなきゃいけない、なんて言っちゃうヤツがアイドルやってるとか、ファンからしたら何なんだって話だろ」

「そういうのも含めてあたしなんだから、そういうキャラで受け容れてもらってる分にはいいでしょ。じゃ、行ってくる」

エリナは、初瀬のほうを向き直して、目を閉じる。初瀬は静かに唇にキスをし、彼女を送り出した。

*

エリナが部屋を出て行くのを見送った後、初瀬はすぐＰＣに向かって新たな記事の作成を始めた。

今日仕上げようとしているのは「ヤミマを使ったアカウント売買」だ。どんなゲームアプリも大抵、スマートフォンを機種変更した場合に備えて「機種変更コード」を発行する仕組みがある。プレイヤー固有のアカウントとそのコード番号を使って、新たに買ってきたスマートフォンに入力してやればゲームの続きが問題なくできる。

だから〈トレファン〉をそれなりにプレイして、育ったキャラクターやいいアイテムを持った状態のアカウントと機種変更コードのセットは〈ヤミマ〉でいい値段で売れる。買った人はそれを自分のアプリに入力すれば、最初からプレイする手間を省いて続きからプレイすることができる。これは従来のＰＣ用ネットゲームでのアカウント売買と同じ理屈だ。

「……それにしても、マジで出品されてるもの、ヤバいよな」

〈ヤミマ〉の使用方法を書くためにスクリーンショット画像を撮りながら、初瀬は少し呆れた気持ちになった。「アカウント売買の手法」を自分の作っている攻略サイトにアップロードし、それから管理しているいくつかのサイトもついでのように更新。自分のホールドしている仮想通貨の価格チェックも流れるようにした。

一通り済ませると、コーヒーを淹れ、一息つきながらメールを確認する。いつもと変わらない過ごし方だった。

初瀬は攻略サイトへの質問やクレームにはほとんど回答しない。彼らからお金をもらっているわけではないからだ。自分にとっての最終顧客が誰かを見誤ると自分のパワーを吸われて終わってしまう。

その質問やクレームメールに混じって、何日か前からゴミ箱に捨てることができずにいるメールが一通あった。

個人からのメールだったが、ＵＳＫ《ユースケ》と名乗る人物からの、〈トレファン〉と〈クライシスコイン〉

に関する質問だった。

いつもだったら、他のメールと同様に適当にやっつければいいのだが、ゲームと仮想通貨の関係について、自分かそれ以上に詳しいと思われる専門的な切り口に、本能的に何かあると感じていたのだった。答えたほうが利になる場合もあるが、質疑応答の応酬に時間をとられて、結局何も残らないなんていう面倒に巻き込まれる可能性もある。

何度目かの逡巡をして、放置していても何も始まらないという結論に至り、初瀬は湯浅のメールについていた返信ボタンをクリックしてキーを打ち始めた。

6

『大流行フリマアプリ　ヤミマのヤミ』

仰々しい特集タイトルがその日発売された『週刊文旬』の表紙に躍《おど》っていた。ご丁寧にダジャレ部分に傍点までつけてある。内容は〈ヤミマ〉で扱われているドラッグやチケットなど曰く付き物品の数々、利用者同士のトラブル、詐欺行為、売買春メッセージ、未成年略取……。怪しいものの総出演という趣で、叩きに叩く、裁きに裁くというような内容の記事だった。

週刊誌の報道を受けてか、即日〈ヤミマ〉のアプリ内で、サービスにおいて新規の出品停止および、疑わしい出品の強制取り消しのお知らせが掲載された。そこには『エスクローサービスにおいて、大量の荷物が弊社に届くようになり、捌きれなくなったため、一時的に新規の売買登録を中止させていただきます。倉庫や流通インフラを協力企業とともに解決後、あらためて再開いたします』という文言が書かれていた。当然、お知らせ文章は表向きのことであって、適法ではない品物を扱っていたからだという意見がネットにあふれた。

そしてひとしきりの〈ヤミマ〉糾弾総力特集からさらに先のページには、アイドルのスキャンダル記事がモノクロの1ページを使って掲載されていた。

『黄泉比良坂《よもつひらさか》47　江ヶ崎エリナの深夜コンビニ熱々買い出し』の見出し文字が縦に並び、粗い写真ではあったが、コンビニの照明でトレーニングウェア姿のエリナが浮かび上がり、その隣には影で顔まではわからなかったが、恋人と思《おぼ》しき男《ハルト》が仲睦まじくしている姿が掲載されていた。

記事内容に深いところは何もなく、〈黄泉比良坂47〉を最近ライブや各種広告キャンペーンへの抜擢で人気上昇中のアイドルグループとした上で、「グループ随一の美ボディかつ拝金主義の姉御キャラとしてカルトな人気を誇る」などとエリナのことを評し、ご丁寧にも「若さ故の課外活動と思われるが、ファンの期待を裏切らず、清く正しいアイドルのイメージを守ってほしいものである」という有り難いお説教までつけられていた。

7

事務所に併設されている練習場で振り付けのレッスンを済ませ、汗を拭っていたエリナのところに、マフユが声をかけた。

「今日もお疲れ様。新曲、今度のあれで初披露なんだよね。すごく楽しみ」

「あたしたちにとって、初の単独イベントホールライブだもんね。お客さん何人くらいくるんだろう？」

「5千人は超えるって、マネージャー言ってた。チケット予約まだ始まってないからわからないけど」

「そんなに！？　握手会したら手が擦り切れるじゃん」

これまで順調に会場《ハコ》を大きくしてきたとはいえ5千人超えの実感は無かったが、確かに全体としてのライブをしたらそれくらい行ってしまうかもしれない。

「そうだ、トレファン。とってこれるようになってるよ。ほら、わたしたちが演じるキャラ、出てる」

マフユは自分のスマートフォンにインストールした〈トレファン〉の画面を見せた。

「そうなんだ。マネージャー、ゲーム始めていいって言ってたの？」

「あ！　みんなに伝えておいてって言われてたの忘れてた」

「始めていいならみんなでやってみようよ。元のキャラからかけ離れたら、解釈違いってネットで言われるに決まってるし。動きとか、どんなセリフがあるのかとか、見てみたい」そうエリナが答えると、マフユは元気よく頷いた。

「だよね！　着替えたらソファのところでやろう！」

マフユと更衣室に行こうとすると、マネージャーの野館《のだて》がエリナに「来い」というジェスチャーをしていた。その手には『週刊文旬』が握られていた。

＊

廊下を歩きながら、エリナは週刊誌に掲載されている写真の背景がマンションの一階にあるコンビニだということを認識した。いつもは物腰の柔らかい野館も険しい顔つきをしていて「社長が呼んでる。何か言われたらとにかく謝れ」とだけいった。

「江ヶ崎エリナ、入ります」

エリナにとって社長室のドアはとても重く感じられた。部屋に入るや否や「そこに座って」と応接の椅子へと促される。座ろうとするとすでにテーブルには『週刊文旬』が例のページを開いた状態で置かれていた。

「長い話は好きじゃあない。とはいえ、フェアじゃない出来事について、きちんと話さなければならない」社長は穏やかな口調だったが、感情のないドライな声に聞こえた。

「はい。今回のことは私の勝手な行いにより、皆さまにご迷惑をかけることになり、申し訳ありませんでした」

「江ヶ崎さん。契約をする時っていうのはね、オープンになっていないことがあったらいけないんだ。まずそれがフェアじゃあない」

社長はエリナが真っ先に述べた謝辞については、なんの感傷も無い様子だった。エリナは小さく返事をしてうなだれるしかなかった。

「江ヶ崎さんはボクに、水着や露出度の高い衣装での仕事をする際に、ギャラを上積みしてほしいと話した。そしてボクはそれを呑んだ。もちろん、業務の拡大だということを自ら言い出せるほどに努めているなら、それは報いるべきものだからだ。だがその裏側で、江ヶ崎さんは男性と同棲しているというリスクを隠したままにしておいた」

「はい。隠していて、申し訳ありませんでした」

「……隠し事というのは、隠し続けていられるうちは、本当によく機能する。それに隠そうとする最初の最初は、ほんの小さなことなんだ。気づかないでいてくれる鈍感な人が一人また一人と増えるたびに、その隠し事は完璧なものだと、だんだん自分が錯覚していく」

「はい、申し訳ありません。私がしっかりしていれば問題ないという軽率な判断で男性と同居を始めてしまいました」

「写真に撮られたあの彼がどういう存在かはどうでもいいんだ。なにしろそれは、江ヶ崎さんが決めることじゃあない。あの記事を書いたライターか、記事を読んだ読者が決める。受け取りたいように受け取るのが世間だ。当事者であるあなたがどう思っていたか、実際の関係がどうだったかなんてことに何も意味はない」

「……はい」

「今回のことは、いずれ我が社の看板となるあなたがたのコンディションを把握しきれていなかったボクにも十分に問題がある。マネージャーともども、善管注意義務を怠ったということだ」

「……申し訳ありませんでした」

「ノン、ノン、ノン……とにかく謝っておけと野館《のだて》に言われたのかい？　そういう顔をしてほしくて諭しているわけじゃあない。こういうことはボクの人生で何度もあったし、そのたびに商品価値がより高まるような着地をさせてきた」

「……これからどうすればいいでしょうか？」

「こういう時？　そうだね。気持ちの問題だと言ってやる気や反省といった目に見えないもので有耶無耶にし、それで片付けてしまうやり方もあるが……。江ヶ崎さんの場合はそんなことで行動が変わるような人ではないね？」

「はい。改善して、グループに一層の貢献をできるようにします」

「改善や改悪という字は善悪という主観が入っていけない。単に結果が出せるかどうか。変わった結果が誰にとって良いもので、誰にとって眉をひそめるべきものか、そのどちらかでしかない」

「今後も、精一杯努めさせていただきます」

「うん。それでいい。あなたに何かをしてほしいということではないが……」社長は続けた。

「普通はこういう写真を撮られた時は、事前に話が来るものなんだよ。例えば、別の情報を出すからその記事と差し替えられないか、とか、もうちょっとマイルドな写真を撮り直さないか、だとか。その代わりに色々な……持ちつ持たれつってやつをやってきたのがこれまでだ。先日の……まあ言わなくてもわかるね。あの話なんかがそうだ」

「はい……」

「それを、文句砲だか何だか知らないが、調子づいた奴がブレーキを踏むべき瞬間に踏まずに載せたというのは、フェアじゃないばかりか事故もいいところだ。もちろん損害が発生したのは我々だ。上から話を通すこともできるが、ボクが記者一匹の書いた記事にかかずらっては、格まで下がってしまう……と愚痴るところだった。失礼」

「いえ、ご負担を増やしてしまってすみませんでした」

「こっちのフェアじゃない件の処理は済ませておくから、江ヶ崎さんがこれ以上、カメラに狙われたりすることに気を揉むことは無い。ここで言いたいのは……この世界はそういうコストを含めて回っているというところまでを、江ヶ崎さん、あなたにきちんと認識していただきたい、ということだ」

「はい、心に銘じます」

「お詫びのメッセージを出したり、釈明のブログを書いたり、クライアントに謝りに行ったり、そういう段取りは野館に伝えておくから。これからも黄泉比良坂《よもつひらさか》47の一員として、自己管理に努めるんだ」

「はい」


社長の一言一言は諭すようでいて、今回の件すべての顛末や関わる人々の命運について掌握済みとでもいうようなそんな重さがあった。事件一つに一喜一憂などしない肝の据え方と、そうなるまでにくぐってきた修羅場の数を感じさせる気迫があった。

そのプレッシャーに当てられてしまい、社長室を出た後も、エリナは野館から何度か声をかけられても、何も耳に入ってこないかのように、すぐ気づくことはできなかった。

8

サークルフェニックスの会議室で、エリナはマネージャーの野館《のだて》とともにプロデューサーの寺嶋がやってくるのを立ったまま待っていた。部屋へ通してくれた案内係は「ご着席になってお待ちください」といってはくれたが、そういうわけにもいかなかった。

「まさか、仕事の打ち合わせよりも先に謝りに来ることになるとはね」野館が苦笑いする。気の利かない皮肉ではあったが、何か会話をすることで少しでもエリナの緊張がほぐれればという気持ちから出たものだった。

「すみません、本当に」

「社長は、全部任せるって言ってくれたけど、それってクライアントに何を言われても仕事から外されないように食らいついてこいってことだよなぁ。できるのかな、僕に」

イメージキャラクターや今後の活動に関する打ち合わせが近日ということになっていたので、その前に不祥事を起こしてしまったのでは、今回の依頼が丸々キャンセルされる恐れがあった。そうでなくても、エリナを別のメンバーに差し替えられないか、という相談をされることは容易に予想できた。

　しばらくして会議室のドアをノックする音がし、プロデューサーの寺嶋《てらじま》が入ってきた。起立して待っていた上に深くお辞儀をした二人に目を丸くした寺嶋は「そんな。お座りになってくださいさ、どうぞ」と着席を促し、二度ほどそう言われてから二人は席に着いた。

　そして寺嶋は「いやー、エリナさん、本物だ。いや、本物なのは当然だけど」といって笑みをにじませながら、いつも社内で使っているような厳しい口調ではなく、穏やかに話し始めた。それはエリナや野館のしていた予想とはだいぶ違い、寛大ともいえる内容だった。

「黄泉比良坂《よもつひらさか》を指名したのは私ですし、週刊誌の記事の一つや二つで揺らいではプロジェクトの沽券《こけん》に関わります。何かの犯罪に手を染めたというわけでもありませんしね。すでに社内調整は済んでいます。イメージキャラクターを務めていただくという方針は変わりません」

「あ、ありがとうございますっ！」野館はエリナが感謝の言葉を発するよりも早く、机に頭をこすりつけるようにした。

「……ありがとうございます。ご迷惑をおかけしながらも、寛大なご対応、大変恐れ入ります」続けてエリナも深く頭を下げた。

　その時、机に置かれていた寺嶋のスマートフォンがバイブレーションの短い音をたてた。画面も見ずにボタンを押して振動を止めると、あらためて寺嶋はエリナとマネージャーに話を向けた。

「特に何かそれにかこつけてということではないんですが、一つ提案があるんです」

「はい、なんでもおっしゃってくださいっ！」頭を下げたまま野館が返事をする。

「江ヶ崎さん、Vチューバー《ブイ》に興味あります？　なってみます？」

「Vチューバー、ですか……？」

意外な質問に、思わずエリナは寺嶋に聞き返した。Vチューバーは色々な動画で見たこともあり、大体どんなものかは知っていたが、あれはCGで描かれたキャラクターのはずだ。それになる、とはどういうことだろうか。

「イメージキャラクターという点では生身って言えばいいんですかね、変わらず広告などに出ていただきつつ、当社で配信しているVチューバー動画配信の『中の人』もやってほしいんです」

「と、それは役の追加と考えてよろしいんでしょうかっ！」野館が嬉しさをにじませる。

「あ、はい。そうですね、追加業務になりますから、Vチューバー配信のギャラは別途お支払いいたします」

「ありがとうございますっ！　江ヶ崎さん、やるよね！　最先端だし、流行ってるし！」

謝りに来たのに、寺嶋からの提案で仕事が増えることもあって、一も二も無いという勢いで野館はエリナにいう。

「……ええ、はい。します……させていただきます」

「じゃあ決まりだ。法務で今契約書のチェックをしていたところでしたが、Vチューバーの内容を追加してからお戻しするようにしますよ」

再び寺嶋のスマートフォンが振動したが、さっきと同じように着信を切ってポケットに仕舞った。

エリナはそんな寺嶋を見て、きっとゲームのプロデューサーはいろんな人からメッセージや電話がきて面倒なのだろうなと感じた。


和やかな会話の後、会議室を出たところで寺嶋が思いついたようにエリナに話しかけた。

「ちょっと見ていきますか、Vチューバー配信のスタジオ」

「え、社内にあるんですか？」

「あるんです。動画配信が社内でできるように、もともと会議室を改造したスタジオ的なルームがあって、最近バーチャル対応できるようにしたんですよ。本格的なモーションキャプチャーには及びませんが」

「江ヶ崎さん、見せてもらえば？　せっかくの機会だし」

野館はすっかり上機嫌だった。事務所に帰って社長に報告するにあたっての手土産が増えたからだ。

案内してもらった社内スタジオの中は合成ができるようなグリーンバックになっていて、頑丈そうな仰々しいフレームに、モーション撮影用なのか小型カメラが数台据え付けられていた。

「江ヶ崎さんにはVチューバーをやる時は、これを着て配信の撮影に臨んでもらいます」

寺嶋が見せたのは、真っ黒なウェットスーツのようなものに、モーションキャプチャー用の白いマーカーが水玉模様のようにいくつもついたものだった。

「ネットで服を注文するやつみたいですね」

エリナは最近流行りのIT系アパレル企業がやっている、ネットでぴったりの服が注文できるサービスのことを思い浮かべた。

「あれと原理は同じです。このウェットスーツというか全身タイツというか、マーカーがいろんなところについていてて、これで江ヶ崎さんの動きが画面の中のCGキャラクターに反映される仕組みです。ゲームキャラのコスチュームを着てリアルで活動している江ヶ崎さんが、もう一度ゲームキャラのCGの身体を纏うってイメージですね」

「まさにバーチャルですねっ！」と、ヨイショするように野館が持ち上げたが、エリナはコスチュームを着た実写にしない意味がいま一つ理解できないでいた。

どのみち自分がイメージキャラクターを演じるのだから、わざわざCGを合成する手間をかける理由がわからなかったのだ。

そんなエリナの戸惑いをよそに寺嶋は続けた。

「もっと簡易な、コントローラーでキャラクターを動かす仕組みも一般的ですが、技術的にもう少し先をいきつつも、仰々しい機材が不要なものにしてみたかったんです。着てみます？　サイズ合わせ兼ねて」

「え、今ですか？」

「いいんじゃない、今から慣れれば」と、野館は暗に「スポンサーが乗り気なんだから空気を読もうね」の意味を込めていった。

「……はい」

「更衣室もちゃんと男女別にありますんで、安心してください」


エリナはスーツに着替えたが、厚手とはいえ伸縮性の高い生地が身体にぴったりしすぎていて、ボディラインが丸わかりになってしまい女戦士のコスチュームよりも恥ずかしい気がした。

「どうです？　本番ではゴーグルもつけますので、本当にバーチャルな世界に入り込んだみたいになりますよ。動きづらいとか、ありますか？」何気ない質問をしながら、寺嶋はエリナの肢体へ執拗な視線を浴びせた。

「いえ……」

「ちょっとテストでカメラ動かしてしてみましょうか。テスト映像の配信や保存はされませんので安心してください。まだ女戦士のアバターは調整中ですが、さっきまで別のテストでこのスタジオ使ってたんで、グラフィックはすぐ出せます」

ずいぶん押しの強い人だな、とエリナは思った。週刊誌の記事のことを謝りにきたタイミングということもあって、マネージャーの野館もあまりこの状況に水を差したくないようで、ニコニコして「大丈夫だから」と頷くだけだった。

スタジオに設置された頑丈そうなフレームに据え付けられたライトがエリナを照らす。正面のモニタに、最初は水玉模様のスーツに包まれたエリナが映っていたが、寺嶋が様々な機器に繋がれたノートPCを操作すると、顔から下がCGで描かれた鎧のようなボディに入れ替わった。

「どうです?」

「これが、あたしですか?」正面のモニタに映った自身の姿を見て、エリナは驚いた。

「手足を動かしてみてもらえますか」

モニタとエリナを交互に見てチェックするような素振りで、寺嶋はエリナのボディスーツに纏わりつくような目を向ける。口には出せないが「この人、あたしのカラダを見てるんだ」と思うと、少し寒気がした。

エリナが動くと、それに合わせてモニタの中のＣＧも動く。それ自体は新しい体験だったが、顔の部分までＣＧになってしまうとしたら、イメージキャラクターかどうかは関係なく、もはやエリナがやる必要はないのでは、とも思えた。

「ちょっとジャンプしてもらえますか」

寺嶋の指示通り、ジャンプする。すると、画面の中でＣＧのボディの胸がエリナの動きに連動して何度も揺れた。ラジオ体操みたいな動きもさせられて、正直のところ、寺嶋の指示に気色悪ささえ覚えるようになっていった。

さっき保存してないって言ってたけど、そんなの本当かどうかわからない――。

「後ろ向いてください。バックショット確認します」

このまま続けていたのでは、どんなポーズをとらされるかわかったものではない、そうエリナが辟易した時、スタジオのドアが盛大に開き社内のスタッフが息を切らせながら寺嶋に告げた。

「寺嶋さん！　何度電話しても出ないんで、探しましたよ！　大変です。仮想通貨《クライシスコイン》が、どこかへ流出していってます！」

「来客の前で大声でそういうことを言うかバカ！」

寺嶋はさっきまでの穏やかさを一瞬で忘れたように怒鳴ると、エリナと野館に手短にトラブルがあったことを伝え、スタジオを出て行った。

【平成最後のIT事件簿】③ゲーム実況とVチューバー、そしてアイドル

２０１８年はV《ブイ》チューバーが本格的に耳目を集めた年であった。Vチューバーのトップランナーである「キズナアイ」を始め、「ミライアカリ」「輝夜月《かぐやるな》」などが人気を博した。あまりの話題性に、キャラクターの描写を巡って、ジェンダー的な観点での論争まで起こったほどである。

Vチューバーの源流とも言える存在にもスポットライトが当たった。１９９６年に本格的なCGアイドルとして誕生し、世間を賑わせた「伊達杏子《だてきょうこ》（DK-96）」だが、２０１８年に至ってツイッターを開始。DK-96を覚えていたオールドファンの間で話題となった。その娘である「伊達あやの」はVチューバーで、二世代かけてバーチャルな存在が違和感なく受け入れられる社会へ変化したともいえるだろう。

また、２０１9年3月にVチューバー「斗和《とわ》キセキ」が、人気アニメのモビルスーツ「ガンダムアストレイレッドフレーム改」に背面装飾が似ているということから話題に火がつき、SNS上での軽妙洒脱な遣り取りにネットユーザーの好感を得た。わずか2日ほどでツイッターのフォロワーが7万人を突破。チャンネル登録数も一気に増え、ネットで広ま

る話題の瞬発力を感じさせた出来事であった。

Vチューバーによる動画配信が盛況の中、生身の人間も負けていられない。女優の本田翼さんが2018年9月に『ほんだのばいく』チャンネルを開設すると、二週間で百万人もの登録者数を記録した。

アイドルとファンとのネットでの距離感を象徴する事例として、2019年1月にアイドルグループNGT48の山口真帆さんが動画配信サービス『SHOWROOM』で告発した暴行事件がある。所属グループ運営者による適切な対応がなされなかったとして告発に踏み切ったという配信は「殺されてたらどうするんだって思う」と真に迫ったものであった。その後、事件に関する第三者委員会が設置され、3月の調査報告会見では、内容の欺瞞について、山口さんのリアルタイムツイートをもとに記者が真実を明らかにするように求めるなど、ネットと報道の新しい側面も見られた。

第四話　侵蝕

1

　料亭に少し先に着いて待っていた丘田《おかだ》は、この後武壱《たけいち》に何をいわれることになるのか、通された和室に一人、戦々恐々としていた。

「おう、来ちゅうがか。そりゃ、早く来《き》よるよな」

　座敷に入ってきた武壱は、上着を脱ぐとどっかりと腰を下ろし、丘田を見据えた。すぐに丘田は座椅子から飛びのくようにしてひれ伏し、〈トレファン〉のサーバーから〈クライシスコイン〉が流出したことを詫びた。

「……申し訳ございません！　一度ならず、二度も仮想通貨を流出させてしまいました！」

「どういておまんが手のもんは、同じ過ちを繰り返す。たわけが。こないだのコインパーチェスの失踪した若いの、あれも報告がない」

「誠に申し訳ございませんっ」

丘田はただただ畳に頭をこすりつけて謝りの姿勢を崩さずにいるしかなかった。

「今度のゲーム、トレファン言うたな。おまんらが熱心にコインへ投資して損はないゆうたがを、おれがしないでおいたんは……。まあこういうことが起こりそうだと、何でか勘が働いたちゅうことだな」

「はっ」

「だが、おれの知り合いが買ったんはどうする」

「はいっ、すぐにでも、先生からご紹介を受けました方々の投資分については補填させていただきます」

「あほ」

「はっ！」

「おれの顔に泥を塗ったちうことすらわからんのか」

「……はい。何とお詫び申し上げてよいやら」

「あンな、おまんがいくらここで詫びようが、どうにもならんよ」

「では、どのようにしたら……」

「どうしたらえいかと……。何も考えようとせずにただただ謝って時間を過ごせば解放されるとおもっちゅうがか！」

「ひぃっ!」

丘田は考えを巡らせる。〈コインパーチェス〉に続き〈サークルフェニックス〉でも同じような問題が発生した、ということは原因も同じではないか。寺嶋《てらじま》やそのチームメンバーは〈コインパーチェス〉でも中枢として活躍していた。〈サークルフェニックス〉へ移籍した後も、〈トレファン〉の仮想通貨部分を担っていたのは彼らだ。きっとそこに何か原因があるに違いない――。

そこに思い至った丘田は、ものすごい剣幕で怒鳴らんとする武壱の言葉の合間を縫うようにして声を絞り出した。

「ま、まずは原因を究明して、事態を収束させてからでよろしいでしょうかっ!」

「その間、おれの顔に塗られた泥はどうするか!」

「わ、わかりませんっ」

「あほ! 原因の究明なぞ、して当然やき。コインパーチェスの時に、おまんらのY証券がてめえで買収してそれで手打ちにし、世間様がうるさくなくなったゆうて慢心し、ざっとした仕事すなちゃ!」

「そ、それは警察が入りまして、その、捜査の都合上、我々独断では……」

「言い訳をすな!」

「す、すぐ他の役員とも相談して、対応についてお伝えしますっ」

「相談してなんとかなるなら、その相談の結果を最初からここに持って来んがはなんでじゃ!」

丘田が何か言い訳や取り繕いをするたびに、武壱は逃げ場を作らせないかのように責め立てる。当然、酒どころか料理を口に運ぶ暇など一切なかった。

＊

前は半刻《はんとき》ほど話に付き合えば解放されたのだが、今回の説教は延々と続き、武壱が座敷へ入ってきてから一刻《いっとき》（約2時間）はゆうに過ぎていた。

武壱の乗った黒塗りの車を以前と同じように90度以上のお辞儀で送り出し、自動車の音が聞こえなくなって初めて丘田は解放された気分になった。そういう状態でできることは一つくらいしかない。丘田はスマートフォンを取り出し、寺嶋《てらじま》に連絡を入れた。

「ああ、寺嶋さん？　昼も電話したけどさ。なんで寺嶋さんがやると仮想通貨がバグって流出すんのよ。コインパーチェスの時も、寺嶋さんがバグ出したんじゃないの？　それとも誰かバグったヤツがチームにいる？」

何とかの一つ覚えとでもいうかのように、「バグ」を丘田は連呼した。それを聞かされる電話の向こうの寺嶋も、苛立ちを抑えられない様子だった。

「丘田さん、申し訳ありません。けれど断じて言いますが、自分やチームじゃありません。わざと流出させたなら、こんなに慌てたり、対応に明け暮れたりしません。それは信じてください」

「こっちもセンセエの顔に二回も泥塗ったことになるんだよ。もう俺は終わりだよ！　コインパーチェスのことは、寺嶋さんが辞めたあとだから関係ないって思ってるかもしれないけどさ。さっきも二時間くらい詰められてて、センセエ、俺が何もできないのわかってて言ってくんだから」

「何もできないくせに噛んでるのは丘田さんの自業自得じゃないですか？」

寺嶋の口から思わず売り言葉が出る。

「ハァ？　なんとかするのはてめえの仕事だろうが、寺嶋さんよ」それを買うかのように丘田も語気が荒くなる。

「なんとかできてたらすぐやってますよ！」

「リリース遅れたし、始めったら始めったで、バグってトラブル起こすし、まっともに仕事する気あんの？」と言葉の端々が跳ねる。

「なんだこのヤロウ。もう一度言ってみろ」

「技術力がそもそも無いんじゃないの。寺嶋さんも、他のメンバーも。こっちのこと騙してたんなら、出るとこ出て話してやってもいいんだよ？」

「さすがにそれは丘田さんでも聞き捨てならないな。こっちは技術にプライド持ってやってんだ。

技術力が無いだと？　謝れ！」

「この事態を収拾したらいくらでも謝ってやるって言ってんの。どうせセンセエには謝りっぱなしだからついでにな。仮想通貨の流出は一度起こったら解決できない問題なんだよ、根本的に。取引所からクライシスコインでギャンブルゲームになろうが、同じ結果になったんだろ？　どうしてくれる！」

「ロクに開発に関わったこともねえ癖に、そんなことよく言えたもんだな！　今どこだ。いつも呼ばれてる神楽坂か赤坂か？　行ってわからせてやろうか」

二人の電話は売り言葉に買い言葉の応酬となり、建設的な案による解決など見込めるはずもなかった。

2

丘田との電話を終え、寺嶋は舌打ちをした。周囲の視線を感じて静かに着席する。力が入ってしまい、立ったままで電話を続けていたのだ。

仮想通貨流出については一日のうちに様々なメディアで報じられてしまい、開発部門や運営チーム、それにＩＲ（インベスター・リレーションズ）部門の担当者たちは肩身の狭い思いをして対応にあたっていた。

寺嶋の苛々した状況に話しかけづらそうにしていたスタッフが、おずおずと数枚のプリントアウトを渡してきた。

「調査結果、出ました。結論から言うと、サーバー上のホットウォレットに入っていた分は全滅です。当社からユーザーへ付与する予定だったもの、ゲーム内の仮想ウォレットに入りっぱなしになっていた分、特典付与で使われていなかった分、ユーザーが外から持ち込んだ分もです」

「どこへ流れていったかは、もう追えたんだよな？」

「それが巧妙に通常の取引を装われていて、ゲームサーバーに残してある取引ログにも、一般のユーザー同士が普通のアイテムを売買して、その後にそれぞれのウォレットへ送ったようにしか見えないんです。取引所を使わずにヤミマで売買する内容が出て、それがバズって盛り上がったタイミングだったので、どのアカウントが正しいユーザーで、どのアカウントが流出に関係するダミーアカウントか、区別がつきません」

「ブロックチェーンのほう見ろよ。使い慣れてるからってゲームサーバーのログだけ見てどうすんだ。それに、怪しいユーザーを行動履歴から洗い出すのは難しくないだろうが。捨《す》て アカ《アカ》ウントだったり、エミュレーター《エミュ》からの会員登録だったり、アクセスしてくるＩＰが日本のじゃなかったり、いろんな角度から探せよ」

「そうですね、分析チームに依頼して、そっちもあたってみます」

「あたってみますじゃねえよ、言われる前にあたっとけよ。分析チームんトコ行くなら筋も通せ。あそこは毎日、ウチのゲームすべての売上系のKPIや現場のくだらねえ思いつきのデータ抽出に巻き込まれてっから、ただでさえ苛立ってんぞ。依頼する時は他部署と優先度の調整つけてから持って行けよ?」

「はい……。あそこ苦手なんですよね……」

「苦手だ? そんなこと言っている場合か、プロジェクトの危機だろうが」

「す、すみません。あとっ、クライシスコインをICOしたシンガポールの取引所へはすでに連絡してありまして、そこから換金しようとしたりクライシスコインを集約してそうな動きがあったら教えてくれることになってますっ」

「なあ……。普通、モノを盗んだヤツが、表立って大きな取引所で交換はしないっていうの、わかるよな? 流出したモノが見つからないっていうのは当たり前のことを当たり前に報告してるだけだからな。一旦報告できたからといってそれに安堵してる場合じゃねえぞ」

「しかし、ダークウェブへ行ってしまったものとなるとさすがに……」

「さすがにって、それじゃ何もしてないのと同じだろうが。ダークウェブなんて言葉を使ったってダメ。もっと追えよ。ベトナムの連中には訊いたか? ウォレット部分の設計がザルでしたんで漏れました、行先は一切不明です、モジュールはアプリもサーバーも海外から買ってきたのを中味を理解しないまま使ってたんでわかりません。それじゃ通らねえぞ」

苛立ちは、武壱から丘田へ、丘田から寺嶋へ、そして寺嶋から社内のスタッフたちへ連鎖していった。当然、IR担当者と法務部門も奔走していた。コンプライアンスが声高に叫ばれる現代では迅速な情報公開が不可欠だが、〈コインパーチェス〉での仮想通貨流出がまだ市民の記憶に新しい今となると、火に油を注ぐというより、油の海に炎を投げ入れるようなものだ。

だが、〈トレファン〉がゲームアプリであり、〈サークルフェニックス〉は仮想通貨取引所ではない。〈クライシスコイン〉もゲーム用コインとしての使途以外は一般市民にあまり知られていない現状から、初手で〈コインパーチェス〉のように緊急記者会見を開く等の対応をすべきか決められずにいた。

あくまでも自社ゲームと自社顧客の間での問題とし、堅実な情報公開をしていくことで世論の温度感を測りながら次の手を考えたほうが、時間を有効に使えるのではないか――。そういったことへの迷いが社内にはあった。

すでにマーケット機能は、アプリ内の動線となるリンクボタンを非表示にすることで簡易的に封鎖してあった。端末側アプリケーションのオブジェクトについて、表示のON／OFFをサーバー側で指定できるようにしておくのは、寺嶋の経験から仕込んであったものだ。それに、特典《オマケ》のコイン付与についてはサーバーから端末へ送らなければ良いのでそこも断《た》った。

これで完璧というわけではないが、新たに〈クライシスコイン〉が有料ポイント購入時に付与されることは無く、アプリ内の操作で遣り取りすることもできないため、被害は拡大しないはずであった。

だが、一部OS用のアプリに搭載していたマイニング機能については、すぐに停止することはできなかった。

再度マイニング機能を停止させたバージョンのプログラムをOS企業の審査に回さない限り、各アプリからマイニング機能を取り去ることはできない。OS企業は緊急時のために特急審査の窓口を用意しているが、まずは提出用のアプリを仕上げなければならなかった。

「マーケット機能とマイニングの無いバージョン、いつテストが終わる？」

苛立ちついでに、寺嶋は内線電話で社内デバッグルームの貞本《さだもと》に問いただす。

「急ぎで開発部が上げてきた新しいバージョン、ボロボロです。非表示にしておいたマーケットへの動線が復活してしまっていたり、マーケット内で使ってるダイアログの表示ルーチン、変なところで使い回してて、そのせいでアイテム獲得画面がぐちゃぐちゃになってるんです」

「開発のほうで簡単なチェックもしないでそっちに回したってことか」

「あと、潜在バグがありました。特典のクライシスコイン発行処理が走る時に、内部ウォレット機能が動いていない場合、アプリが即落ちます。これ、ウォレットが機能していないということは想定しないで作ってあったので、リリース時のテストプレイでも見つかってなかったものです」

「コインを使えなくしたことで別のバグが表面に出てきたってことか」

「そういうのがテストのたびに出てくるんで、全部レポート上げて開発部門にフィードバックしたら、プログラマーが何日も帰れなくなるレベルだって回答がありました。むしろ、今ボタンだけ非表示にしてあるままのほうが動作に問題がなく、お客さんがプレイしたり、特典が無くても有料ポイントを買えたりしてる分、何倍もマシです」

「……わかった。見つかる箇所が多い分には構わないから、徹底的に問題を洗い出してくれ。最終的にどの機能を塞いで審査に回すのかは開発とも相談する」


寺嶋は一旦受話器を置いてすぐ、外注しているカスタマーサポートセンターへ外線で電話を入れた。ユーザーからの問い合わせ状況を聞くと、〈クライシスコイン〉が無くなったという問い合わせはほとんど特典配付分についてで、海外の取引所や仮想通貨交換サービスからアプリへ入金したものが失われたというクレームは二件のみ。どちらも方針確定次第案内するという通り一遍の回答で、ひとまずは納得してもらえたということだった。

特典《オマケ》としてもらったデータが不具合で消えるのは、あってはならない話だが、ゲーム進行には直接の関係が無いコインということも同時にいえる。

むしろ、レアアイテムを手に入れるには、ゲーム内のフィールドでのドロップか、有料ガチャで低確率のウルトラレジェンドレアを引くしか手段が無くなったことで、そちらにユーザーの関心が向いているようにさえ感じられた。

熱心なゲームプレイヤーにとって、ブロックチェーンという先進技術が使われているかどうかは二の次、というのは皮肉なことだった。

ネットゲームにクリティカルな不具合が発生した場合、サービスをメンテナンスモードにして全ユーザーを一律で遊べない状態にし、腰を据えて修正することがある。実際に多くのゲームタイトルでそういった方策がとられてきた。

だが、改修にかける時間が見積もれず、いつサービスを再開できるかがわからないとなると、時間をかけているうちにユーザーがアプリを削除してしまうかもしれない。

楽しんでプレイしている人にとって「仮想通貨取引が使えなくてもゲームのプレイには一切支障がない」現状は、なんの不具合も無いに等しい状態ともいえる。

サービスをオープンしている限りは、通常のアイテム販売やガチャによる売上もきちんと立つ。巨額の広告費をかけたプロモーションが動き始めているため、広告に惹かれてきた利用者に、メンテナンスで動きもしないゲームサービスを見せるくらいなら、できればこのままがいい――。

自分のする判断が最も合理的であるといい聞かせるようにして、寺嶋は深呼吸をした。

不意に寺嶋のスマホが振動した。番号は非通知。

こんな時に非通知でかけてくるのは、誰だ――。

訝《いぶか》しがりながら着信ボタンをタップする。

「寺嶋、俺だ。わけあって公衆電話からかけている」くぐもった声の主は、失踪が噂となっていた、倉石《くらいし》クニオの声だった。

＊

寺嶋は他のスタッフに通話を聞かれないように非常階段へと出た。

「倉石さん、あんたどうして今頃俺に？　いまウチがどうなってるか知って電話かけてきてるってことだよな。何の用だ」

質問を無視して倉石は話し始めた。

「……お前はY証券の連中に唆《そそのか》されて俺を裏切った。今もやつらと繋がっていて、そしてまた仮想通貨が流出した」

仮想通貨流出の疑いが自分にかけられていると感じた寺嶋は、倉石が話を続けようとするのを遮った。

「流出の原因を俺が作ったって言いたいのか？ 違う。俺がやったんじゃない。それに転職《うつ》ってきたスタッフも、わざわざ今の会社で居場所を無くすようなことはしない。そういう連中だってことは知ってるだろう。あの時、あんたを裏切ったことは認める。だがコインパーチェスもトレファンも、仮想通貨の流出は事故だ」

「つまらない言い訳をするんだな。それは演技か……？ 信じられるかどうかは、どうでもいい。ただ、サービスをメンテナンスにしていないってことは、わかってて客を泣かせたまま走ってるってことだな、違うか？」

「見ていられない、ってわけか。昔と変わらねえんだな。ま、数年で変わるわけねえか」

メンテナンスにしていないという点を突かれて、「面倒くせえこと言ってんだな」と寺嶋は小さく息を吐いた。それから、下手《したで》に出る必要はないと踏み、言葉に気を遣うのをやめた。

その寺嶋の空気感を察して、倉石はより突っ込んだことを寺嶋へ訊いた。

「おおかた、クライシスコインはマイニングや承認《コンファメーション》を、大量のユーザー獲得をアテにして、スマートフォンの演算に頼るように設計されてるんだろう？」

「……詳しいんだな。雲隠れしてるヒマに熱心に勉強したのか？」

「ホワイトペーパーとサイトを斜め読みしたレベルでもそれくらいのことはわかる」

「その通りだ。コインが一部のマイナーに掌握されないようにそういうふうになってんだよ。常時接続で通信料定額制、適度に裕福でハイエンドモデルが広く流通しているこの国と、端末が熱くなろうがゲームやガチャに夢中になって四六時中スマホを起動しておいてくれるユーザー……。そいつをアテにして作られてるのがクライシスコインだ」

「まるで理想の分散コンピューティング、とでも言いたそうだな」

「別に俺が作ったんじゃねえし、理想でもねえぞ。こっちはただそれを使って儲かるゲームを作っただけだ、理想というなら、あんたのほうが望んでた世界だろ、こういうの」

＊

ビットコインで有名になった「マイニング」は物理的な採掘ではなく、ブロックチェーンに関わる演算の報酬としてビットコインが付与されるというものである。

仮想通貨とその未来に価値を認めた人々が挙《こぞ》って高性能なコンピュータを導入して演算に参入し、あるいは企業として専用の土地建物や電力を押さえてまでこれに取り組んだ。

だが、非中央集権的な分散台帳を持つ仮想通貨であっても、例えばネットワーク上で演算を行っているマシンを大量に乗っ取るなどして掌握してしまえば、51パーセント攻撃のように不正を働くこともできてしまう。

そのビットコインとは違って〈クライシスコイン〉は、広くいき渡っているスマートフォンに演算のパワーを分散させようというコンセプトで作られていた。理想の分散型コンピューティングということもできるが「高価で高性能な機材を揃えられる者が、さらに高額の報酬を手にする」というわかりやすいルールが撤廃されているので、目立った競争は発生せず、物好きでもなければ〈クライシスコイン〉用の演算を自前でする理由がない。

これを解消したのが〈トレーディング・ファンタジー〉というゲームアプリを組み合わせるという発想であった。分散処理用のモジュールをゲームに組み込んで流通させる。演算のパワー不足を解消するのに、四六時中どこかで誰かが稼働させているゲームは好都合である。

そして、仮想通貨を流行らせるノウハウよりも、ゲームアプリを流行らせるノウハウのほうが明らかに確立されている。シンガポールでのビジネスコンベンションで〈クライシスコイン〉が評価を得られたのは、分散型コンピューティングの仮想通貨であるということではなく、そういった複合的なマーケティング戦略を絡めていたことが主な理由だった。

*

さっきからの挑発するような寺嶋の言葉に動揺することなく、倉石は続けた。

「その裏で、多額のカネが地下へ消えていってる。寺嶋、お前どころかコインパーチェスも知らないカネの流れがおそらくあるはずだ。今すぐにでもゲームのサービスを止めろ、何があるかわからない」

警告とも受け取れる倉石の言葉に、寺嶋は呆れたように静かな口調で答えた。

「カネの行き先になんか興味はねえよ」

「お前の興味は聞いていない。問題があると言っているんだ」

「俺はプロデューサーだが、単にゲーム会社のいち社員だ。コインパーチェスの時のあんたのように、経営責任も事業責任も負う必要ないしな。ほとぼりが冷めるも冷めないも、この先もスマホゲームを細々と作って生き永らえるさ。それに今お客さん全員に、サービスを止めますからアプリを捨ててください、なんて言えるか？　言えるわけねえよ」

「そういう問題じゃない」

「問題があるっていうなら、対応済みなんだよ。すでにクライシスコインを使ったマーケット機能は動線を塞いである。修正版アプリへの差し替えは、開発や申請に時間がかかるからな。むしろサービスを止めないほうがゲームをしたくてしょうがないユーザーのためになってる。マーケット機能が無くなったところで、売上はガチャが好調に稼いでくれてるしな」

「売上があることを言い訳の補強に使うな。このままアプリが演算を続けたら、流出したクライシスコインがダークウェブに呑まれていくのを助けることにだってなるんだぞ」

「知ったことか。コインパーチェスがY証券に買われたあと、消えた数百億の続報が確たる筋から出たか？　顧客の保護さえされれば、一般人が真実を知ることなんか不要なんだよ。今回も同じだ、それに大多数がゲームの特典分《オマケ》だからな。俺の選択のほうが正しい。ユーザーにサービスを提供し続けるのが俺の正義だ」

　これ以上は無用な言い争いになると感じた倉石は、静かに質問した。

「……Y証券はどれくらい関わってる？」

「俺の口から言えるか。……そうだな、一つだけ、教えてやる」

「何だ」

「クライシスコインとスマホを使った分散コンピューティングの企画。コインパーチェスで叶えられなかったあんたの理想、誰が絵を描いたと思う？」

「……」倉石は言葉を呑んだ。

「思い当たってんじゃねえか。俺は単に紹介してもらったモジュールを使って、トレファンに機能を組み込んだだけだ。もう諦めろ。クライシスコインを義憤でどうにかしようなんてのは、せっかく花開きかけたあんたにとっての理想を潰すことにもなる」

「こんな形で実現しても、納得できるようなものじゃない」

「あんたの消息、いろんなヤツが気にしてるよ。表に出てくる気がないなら、こんな電話なんかしてねえでそのまま隠れてろよ、じゃあな」

身を隠しているくせにつまらない正義感で電話をかけてくるなんて、相当暇を持て余してんだな――。

そう思った寺嶋は、通話を切った。

「一応、丘田《おかだ》さんには伝えておくか」

もう終わりだって言ってたしな、オワコン丘田。バグバグ言いやがって。それはそれとして、ちょっとぐらいは義理、果たすか――。

スマホをずっと耳に当てていたこともあり、電話を切ってはじめていくつかのメッセージが届いていたことに寺嶋は気づいた。その中の一つは田場川《たばかわ》からのものだった。

『絶賛トラブル中？　アシスタントさんが全然スケジュール調整してくれなかった理由はそれ？』

田場川のストレートなメッセージに眉をひそめつつ、寺嶋は『例のセミナーの件ですよね。いつです？　出たいという気持ちはありまして、うまく調整できずにすみません』と返信をした。

『直近で申し訳ない。週末のゲストが急遽キャンセルになって困ってて。無理かな？　無理だよな』

『いいですよ。週末って明後日の土曜ですよね』

『マジか。土曜。渡りに船だ、本当に大丈夫か？　もう解決のめどついてるのか。助かる』

『そのかわり可能な限り、人、集めていただけますか。炎上中のウリエイター降臨とかで』

『自分で炎上言うｗ　了解。速攻バズらせる。あとでメールします。多謝！』


防衛機制とでもいうべきだろうか。寺嶋の頭の中は、インシデントに際してなお「取引所のように顧客から何百億を預かっていたわけではない」「そもそも特典でバラ撒くものがまるっと流れたに過ぎない」「ゲーム進行には影響を及ぼさない」「クレームは二件のみ、どちらも円満解決が見えている」という自己弁護に溢れていた。

時間が解決する問題の場合は、十分に時間を使えていない初期段階で焦っても仕方がない。それに、田場川ならうまくインシデントでの炎上を「イイ話」にしてもらえる確度が高い。田場川のセミナーに集う聴衆のような意識高い系の連中は、巨大なトラブルがあろうが、社会問題スレスレの事件が起ころうが、「先見の明」と「やり抜く意志」と「満身創痍からの大逆転」と、何より「圧倒的成長への演出」があればホイホイ信者になり、SNSで擁護に回り出すに違いない――。

そういうふうに、寺嶋は心の中を固めていった。

＊

それからしばらくして届いた田場川からのメールには、丁寧なお礼と、本来出るはずだったゲストが交通事故に遭って入院してしまったため、それで代打依頼をしたということが書かれていた。

当日の流れについてもまとめられていた。田場川が最近のネットの話題を振るところから始め、寺嶋の経歴から話を膨らませることや、『ウリエイター』としてコンテンツとの向き合い方にフォーカスし、〈コインパーチェス〉そして〈トレーディング・ファンタジー〉の二大案件に関わった身として、主な客層であるビジネス志向が高い人へのメッセージを伝えていきたい、ということだった。

当然、仮想通貨流出問題への説明をさし挟む時間をとりつつ、渦中の人物であるにしても、いい方向でフォローしていくとコメントされていた。

あとは、会場の詳細やアクセスについての説明と、オンラインサロンの公開セミナーページへのリンクがついていた。寺嶋がリンクをクリックすると、土曜日の概要が表示された。中身はまだ直っていなかったが、元々その日は『週刊文旬』の記者をゲストに招く予定だったらしく、『ヤミマの闇をスッパ抜いた辣腕記者は古参のネット弁慶！　アットベンケイ氏満を持して登場』と書かれていた。

なんだこれ。こいつが出られなくなったのか。交通事故に遭ったとメールに書いてあったが、闇なんか暴いたから報復にでも遭ったんじゃないのか――。

そんな少し意地の悪い勘繰りが寺嶋の頭に浮かんだ。

3

週末、羽田空港の到着ロビーへと続く廊下。入国審査までの長い動く歩道の上で、麻布《あざぶ》アミリはスマホの電源をONにした。ローミング通知と不在着信通知がSMSで届いた。そのうちの一つをタップして、電話をかける。

だが留守番電話のアナウンスに切り替わってしまったので、アミリはボイスメッセージを残した。

「麻布です。日本に戻ってくるタイミングで掛けてくるなんて、筒抜けなんですね、私の行動。プレセールの営業手数料、いつもの口座に保管してあります。こっちにいるうちにお会いできるといいんですが、難しそうです。それでは、また」
電話を切ろうと画面を見ると、今度はメッセンジャーアプリからの通知が現れた。
『この週末ずっとシンガポールなんだけど、現地で会える？』友人からだった。
『残念。たったいま羽田に降りたところ』
『日本戻ったの？　いつまで？　一緒にごはん行きたかったのに～』
『未定。扱ってた仮想通貨でトラブル出ちゃってね。それで緊急帰国』
『あー、ネットのニュースで見た。ゲームで使えるコインだっけ』
『うん。ちょっと急いでるから、またね』
『はーい』と、かわいらしいウサギが敬礼しているスタンプが送られてきた。

入国審査を済ませると、荷物受取場で「……もしかして、麻布アミリさんですよね？　テレビ観てました！　一緒に写真いいですか？」とスマホのカメラを向けられたが「今回はプライベートなので、すみません」と断った。
これからのことを考えると、後でその写真を何に使われるかわかったものではない。以前テレビに出ていた時に、わざとドライに振る舞うキャラをやっていてよかった、こういう時に断りやすい――。と安堵した時。

――カシャッ。

陰からシャッターを押されてしまったらしい。ＳＮＳの承認欲求はいとも簡単に人にモラルを捨てさせる。アミリは呆れ、大きなマスクとサングラスを着けた。

ターミナルからタクシーに乗り込み、目的地の名を告げると運転手は「あー」と頼りない返事をした。

「……ええと、港区なんですよね、そのサークルフェニックスっていう……。ビルの番地、わかります？」

運転手はアミリから聞いた住所をカーナビに入力した。

＊

無人の受付カウンターと『休業日にお越しになられた方は、こちらの内線電話をご利用ください』という案内ボードにまどろっこしさを感じながら、アミリは設置されていた内線電話の受話器をとり、来客受付と書かれた番号をプッシュした。

「……はい。サークルフェニックスです」と男の声がした。

「あなた、誰？」

「電話を取りましたのは私《わたくし》、品質保証部の貞本と言います」

どうやらボタンを押し間違えてしまったらしい。受付ではなく、普通に社員が出てしまった。もしかしたら休業日は、出社している人が適当に出る決まりなのかもしれない。

「来客受付ってところ押したつもりだったんだけど、ごめんなさい。トレーディング・ファンタジーのプロデューサー、寺嶋《てらじま》さん、いらっしゃる？」

「失礼ですがアポイントメントはございますでしょうか」

「緊急で来たからそんなのないわ。メールもメッセージも送っておいたけど返信ないし」

「寺嶋ですね。本日は……わかりかねます。休業日ということもありまして、あの、もし仮想通貨流出に関する内容でございましたら、弊社のコンプライアンス室にて対応させていただきますので、お繋ぎさせていただきますが」

仮想通貨《クライシスコイン》流出のトラブルということもあり、万一の来社に備え、コンプライアンス室の担当は休日返上で職務に当たっていた。事件ともなればとにかく安心感を得るために話を聞きたいという株主や顧客、そうではないのに押し掛ける義憤にかられたネットユーザーなどが出てきてもおかしくないからだ。だが、アミリはそういった対応をする担当者と話をしたいわけではなかった。

「私は株主でもお客さんでもないしクレーマーでもないから安心して。どっちかというとトレーディング・ファンタジーの仮想通貨部分の組み込み回りの話をしにきたの」

「失礼いたしました、開発関連のお取引先様ということでしたか。社内の者に確認いたしますので、寺嶋以外に、当社の担当か部署はおわかりになりますでしょうか」

「たぶんほかの人じゃわからない……。アシスタントさんがいるならその人から連絡つけてほしいんだけど」

「では、いずれにしても寺嶋から連絡させるように伝えます」

「お願いできる？　私から連絡しても捕まらないのに、折り返しの連絡をくれるとは思えないけど、次のアポまで時間あるから、それまでに連絡が欲しいの。私の番号は寺嶋さんなら知ってるから。麻布アミリが来たって伝えて頂戴《ちょうだい》」

「麻布……アミリ様、ですね。かしこまりました。私、貞本が承りました」


アミリは仕方なく踵《きびす》を返し、いつ連絡があっても移動しやすいように駅のそばの喫茶店に入った。オフィス街の中心地だが、土曜日だからか店内は閑散としていて、見回すと資料を広げてレポート作成か何かをしている学生風の人ぐらいしかいなかった。アミリはその中でもゆったりとしたソファの席を選び、店員にミルクティーを注文し、店内のW-i-F-iのアクセス方法を訊いた後、ノートパソコンを膝の上で開いた。

4

「……ガランとしちゃった」

引っ越し業者によって荷物が運び出された後、エリナは自分がこれまで使っていた部屋を見て呟いた。週刊誌の一件があって、事務所の用意した寮用のマンションへ転居することになったのだ。

「ハルトも頑張ってね。攻略サイトの収入、調子いいんでしょ？」と初瀬《はせ》へ作り笑顔をする。

「ニュースサイトから引用されたりして、炎上様々《さまざま》だ。これまで作ったサイトの何倍ものアクセスが来てる。クライシスコイン流出で検索してきてるアクセスも多くて、価格が一度ガクっと下がったあと、気味悪いくらい出来高はジワジワ増えてて、きっと海外で取引されてる。投機の読み合いでもやってんのかもな」

「そっか。あのゲーム、仕事関係なく遊んでる子もいるし、楽屋で一緒になるほかのアイドルや芸人さんもみんなやってて一気に流行ったもんね」

「なんかすごい詳しいヤツと知り合いになって色々情報交換しながらやってるから、情報量も増えたし」

「ずっと一人でコツコツやってたもんね。たまにはほかの人と関わったりしたほうがいいよ」

二人にとってそんなことは「当たり障りの無い会話」でしかなかった。

出て行こうとするエリナに、初瀬は玄関で古いスマートフォンを渡した。ビットコインが取り出せないままのあのスマートフォンだった。

「……これ、やるよ。俺の個人情報もアカウントも全部きれいに消してある。残したのはビットコインのウォレットアプリだけ」

「こんなのもらったら、ハルトのこと思い出しちゃうじゃん」

「これがあったから俺はビットコインに興味持てたし、ここにも住めたし、今をときめくアイドルとも付き合えた。縁起物ってことで」

「今をときめくって、まだまだこれからだし……。それに、どうせくれるなら今の相場で現金くれればいいのに」わざと意地悪のようにエリナはいった。

「ひょっとしたらまた上がるかも、って思いながら持ってるほうが楽しいだろ？」

「お金が入ってると思ったら、もしハルトのこと嫌いになっても棄てられないよ」

「俺では棄てられなかったからエリナに渡すんだよ」

「誰かに棄てに行かせるなら、指環って決まってるでしょ」

「火山にでも放り込むのかよ」

エリナと初瀬は、前に二人で見たそんなファンタジー映画のことを思い出して笑った。小さなため息で笑顔を消したその後で、エリナはハルトに指環の一つでもせがんでおけばよかったと思った。

事務所の規則で「意味のある」アクセサリーはつけることができなかったのだ。

「……もらっていくね。古いけどミュージックプレイヤーがわりになら使えそうだし。防水のケースにでも入れて、お風呂で聴こうかな」

エリナは古いスマートフォンを指に挟むようにして受け取った。

「風呂で使うんなら盗撮アプリでも入れておくんだった」

「バーカ。最後までそんなこと言ってる」

エリナはキャリアカートに載せていたハンドバッグを開き、内側のポケットにそれを仕舞った。

「下まで見送ろうか？」

「ううん、もう撮られたくないし、一人で行く」

「場所、割れたからな」

「……行ってきます、でもないか」

エリナはいつも仕事へ行く時にしていたのと同じように、初瀬へと向き直って目を閉じた。

初瀬は、軽くその額にキスをした。

いつもは唇だったのに――。

「……そっか、そうだよね。これからも、頑張る」

「ああ。エリナらしく前だけ向いていくのが、合ってるよ」

初瀬はエリナを送り出し、ドアを閉めた。廊下を曳かれていくキャリアカートのゴロゴロという車輪の音が聞こえなくなっても、初瀬はずっとそこに立ち尽くしていた。

5

土曜日ということもあってか、渋谷のセミナー会場の客席は満席だった。控室で準備をしていた主催の田場川《たばかわ》とゲストの寺嶋《てらじま》は、突然の「訪問者」に詰め寄られていた。

「……こんな時にトークショーみたいなセミナーにゲストで出るなんて、何考えてるの？」

控室に押しかけていたのは麻布《あざぶ》アミリだ。喫茶店で時間を潰していたところ、夕方に行われる田場川のセミナーに寺嶋がゲストで出るということを知り、急いでやってきたのだった。

「麻布さんさぁ、帰国して早々アクティブなことこの上ないなぁ。コインの件なら週明けにオフィスで話しても問題ないだろ」

皮肉交じりに寺嶋は答える。

「日本《こっち》で会わなきゃいけないのは、あなただけじゃないの。むしろあなたには、私の言うことにGoサインを出してほしいだけ。ゲームにクライシスコインのモジュールを組み込んだエンジニア、何人かいるでしょう？　あと流出したコインの追跡してるスタッフと、分析でデータ見てる人、動かして」

「うちのスタッフをなんでそっちの指示で動かさないといけないんだよ。分析でデータ見てる人って簡単に言うけどよ、データサイエンティストは時間単価高いんだから売上や利益に繋がらないことに張り付けたくねえんだよな」

「それはあなたの会社の事情。週明けまで待てない。どのみち休日出勤させてるんでしょ。行ったけど、コンプライアンス室だけ出社してていいような状況でもないはず。普通に社員の人が出たから。だから、エンジニアたちにも会わせて」

「無茶言うな、このセミナーが終わったらもう夜だ。アプリを改修したところでストアの審査通す時間が要るだろうが。流出してるコインの追跡だって、ケツを叩いたところで急に精度が上がるもんじゃない。むしろ、リリース時からインシデントの対応までの緊張で現場は疲弊してる。休ませなきゃ、頭も体もやられちまう」

「……倉石くんのところ《コインパーチェス》にいた時は、そんなぬるま湯に浸かったようなこと言わなかったのに」

「麻布さんさ、俺は変わったし、所変われば働き方も変わるんだよ。そういや倉石から電話があった、あんたと似たようなこと言ってたよ。サービスを止めろって。今更できるかよ」

「倉石くんから？　連絡先、わかったの？」

「しらねえよ。非通知でかけてきやがった。逃亡者でも気取ってんのか、バカだよな」

「バカっていうことないでしょ。彼も同じこと言ってくるなら、やっぱりあなた、間違ってるんだって。今すぐなんとかして」

アミリはどうしても早々にアプリの改修をさせたかったが、寺嶋は正論混じりに遠回しに「しない」旨を答えるだけで、取り合おうとしなかった。

「まあまあ、お二方《ふたかた》。久々に会ったんなら、もうちょっと穏やかにやろうよ。それにアプリの問題も一旦落ち着いてるなら、そう楽屋で責め立てなくても」

田場川がペットボトルのお茶を持ってきて二人に差し出した。それをアミリは丁寧に断る。

「タバやんさんは黙っててください。急いで航空機手配して飛んで来たのに、今日明日で二日も無駄にすることはできない」

「勝手に土日に来たのは麻布さんでしょう。月曜でも問題ない件なんだから」

「ないわけないから来てる。クライシスコインのモジュール、そのまま仕様書どおり組み込んでるんでしょう」

「そりゃそうだよ。ブラックボックスを渡されたんだから。中身いじってるヒマなんてなかったしな。おかげでコインの出入りとマイニングが問題なく動いた代わりに、外すのが厄介な状況になってるくらいだ」

「あのモジュールの機能はそれだけじゃないの。スマートコントラクトや、分散アプリケーションを動かせるように、様々な機能を内包してるのよ」

「それでサイズがデカかったのか。代わりにグラフィックの素材を削って、その分サーバーからダウンロードする形式にしたから、起動時に帯域食ってしょうがねえんだよ」

二人が専門的な用語を使って言い合いをしているのを、田場川は「しーっ」と口に人差し指を当てて制するようにした。

「ここ、楽屋だし俺以外いないからいいけどサ、外でそんな重要な話をペラペラ喋っちゃヤバいっしょ」

田場川の指摘に二人は少し声のトーンを落としたが、それでも話を続けた。

「今、トレファンのマーケット機能やクライシスコインの動線、切ってあるだけだよね、表向きは仮想通貨部分だけ止めたみたいに見えてるけど」

「そうだ。切るだけで充分だからな。ゲームのプレイには支障はないんだし、モジュールをうまく外せるまでは、起動中にマイニングしたり、スマートコントラクトだのなんだのの演算が走ってるのは目を瞑るしかない。慌ててもどうにもなんねえから、空いてる時間に説明責任を果たすために、こうしてセミナーのゲストをやって、ネットのメディアも田場川さんに呼んでもらって、告知の機会を増やしてんだよ」

「どうでもいいよそんな詭弁。説明なら、お知らせなり企業サイトでユーザーに対してすべきなのに。とにかく、アプリ内でちゃんとした命令を渡していない状態で動きっぱなしになってるモジュールは、不安定で何を引き起こすかわからない」

「意味わかんねえな。そんなもん寄越してたってことか。別にテストプレイでも問題出てないから心配すんな。ウチの品質保証部、うるせえくらいキッチリやってるしな」

「……そういう問題じゃないのに」

寺嶋の態度にアミリは煮え切らない風で、目を閉じて額に手をやって考え込んだ。


「えっと、そろそろ時間なんで」

田場川は、右の人差し指で左手首を指した。ノリのいい相手ならここで「って腕時計してないじゃないですかっ」と定番のツッコミが入るが、今の控室はそんな雰囲気ではなかった。

「タバやんさん、さっきは黙っててくださいなんて言ってすみません。セミナーのあとでいいんで、寺嶋さんに真剣に問題に取り組むように言ってください」

「アミリちゃんさ、トラブル続きでキリキリしてるんだろうから、まあちょっとトークで和んだりしたら、取り付くシマもできるんじゃないか、なあ?」

つまらないダジャレじみた言い方に加え、こんな時に馴れ馴れしく「ちゃん付け」で呼ばれ、事態の重大さをはぐらかされたように感じたアミリは、ふざけるなと思った。

その表情を察したのか、寺嶋も「田場川さん次第ですよ」と、田場川の茶化し方には少し何かいいたいそうな様子だった。

「俺次第って？　アミリちゃん、控室《ここ》で待ってるのもヒマでしょう、客席で聞いてなよ。それとも飛び入りする？」と、田場川は変わらぬ調子で続けた。

「冗談！　次のアポずらしてまでここに来たのに、それじゃ予定狂っちゃう。出直す。また連絡するから必ず返信して」

二人の雰囲気を掴めていないのは田場川の天然さ故なのか、アミリは苛立っていった。

「つれないなぁ……ま、俺からもちゃんと言うようにするから、さ、出番出番」

田場川は田場川で、突然のアミリの来訪を持て余してしまっていて、こんなふうにしかとりなせず、アミリから寺嶋を引きはがすようにして、控室から出て行く。

「……何があるかわからないから急ぎたいのに」

一人残された控室で、アミリは田場川が寺嶋を説得しきることは1%も無いと踏んで、その場を後にした。

6

廊下に出てから、寺嶋《てらじま》は後にいる田場川《たばかわ》にいった。

「ったく、田場川さんも俺を説得しようなんてしないでください。焦ったところでじっくり時間かけて解決しないと直るもんも直らないんだから、麻布さんが俺に何を言ったって無駄なんだよ」

「まあまあ。突然の訪問だったわけだし、それはそれ。ここからが俺たちのステージだ、ってね」

廊下の突き当たりにあるセミナー室の扉を開けると、200人ほどの聴衆が拍手とともに「旬な二人」を出迎えた。


セミナー室は、田場川の軽妙なトークと寺嶋の炎上上等《じょうとう》な放談に沸いた。急遽のゲスト交代だったこともあり、参加キャンセルが続出するかもしれないと田場川は思っていたほどだったが、アンテナの高い参加者に支えられて助かったと胸を撫で下ろした。

トークの最中、客席からふらりと一人の男が前に出てきた。田場川はそれを見つけ、マイクを通じてこれを制した。

「……?　っと、質疑応答はあとで時間作りますので、すみませんがステージから降りていただけますか」

前にも熱心なファンが盛り上がってステージに上がってきてしまったことがあった。今度もその類かと思い、硬軟取り混ぜた口調で伝えつつ客席後ろの会場スタッフへ目配せした。男はブツブツと何かを呪詛のように唱えながら壇上の二人に近づいてきた。

「……50万円つぎ込んだんだぞ」

それだけはハッキリ聞こえた。

「何のことでしょうか。まだトーク中なので、下がってください」

田場川は、男の顔が紅潮しているのと、目つきが尋常ではないことを認めると、威嚇するように大きな声を上げた。

「ストップ！　止めて。スタッフ！　ちょっとこの人、すみませんが移動してもらってください」

「……絶対ッ、キョウコちゃんが実況やるって、わかってたから、50万円の、買ったのに」

「この人、取り押さえて！　ナイフ持ってる！　前の人たち、下がって！」

間近で見ている客からどよめきが起こり、挙って後ろへ逃げていく。

「……持ってたビットコイン、クライシスのに換えて、トレファンに突っ込んで、キョウコちゃんが買ってくれたんだ……なのに！」

スタッフが押さえに入る寸前で、男は駆け出すように寺嶋へ飛び掛かり、手にしたナイフを突き立てた。

「ぐっ……」

寺嶋はその場に倒れ込む。シャツが赤黒く染まっていく。場内にセミナー客の悲鳴が響き、瞬間、数名によって男は取り押さえられた。

「……っ、ぐ」

「救急車！　あと警察！　呼んで！　警備員も！　救急箱、どっか無い⁉　ＡＥＤ、エレベーターホールにあったよね、とにかく持ってきて！」

*

後に判明したことだが、寺嶋を刺した男はV《ブイ》チューバー『キッズなキョウコ』の熱心なファンだということだった。「彼女」の気を惹きたいがために、これまでも投げ銭機能で多額のお金を贈与していた。そして、〈トレファン〉の実況がされた日は、コインで彼女に貢ぐことができるのではという考えから、海外の仮想通貨交換サイトを使ってビットコイン経由で多額のクライシスコインを購入していた。

キョウコの〈トレファン〉ゲーム実況配信で、彼はキョウコから出品されたレアアイテムを50万円相当の５０００コインで購入することができた。

そこまでは良かったが、この男はキョウコが手にした〈クライシスコイン〉の値が上がっていくことでより一層の歓心を得たかったらしい。流出事件で〈クライシスコイン〉の値が一時的に下がったことで、プロデューサーである寺嶋に文句をつけようとセミナーに参加したということだった。だが、トーク中の寺嶋の目に余る態度とその言葉に次第に激高し、ステージに上がって凶行に至った。なぜナイフを所持していたかということについては「護身用」ということ以上の言葉は得られていない。

皮肉なことに、事件当時Vチューバーのキョウコはこのセミナーでの凶事のことを知る由もなく、得られた5000コインを他のアイテム購入に充てて「大散財」する姿を配信し、さらにPV数を稼いでいる最中だった。

7

週が明け、JNEGA事務室に衡山が入ると、すでに湯浅は出勤しており、いつものようにPCとスマホの複数の画面に視線を行ったり来たりさせながら、せわしなく何かをキーボードに打ち込んでいた。

「む。なんだか物騒な事件があったようだね、この週末に。トレファンの仮想通貨流出騒ぎは、ゲーム利用者への被害は少なく抑えられたということだが……。記事は読んだかね」

衡山は通勤電車の中で、都内で行われたビジネスセミナーの最中に登壇者が来場者に刺されたというニュースを読んでいた。被害に遭った登壇者というのが〈トレファン〉のプロデューサーということもあって、『ゲーマーの凶行』『仮想通貨逆恨みテロ』『億り人の陰に敗者の死屍累々』といった不安を煽るような言葉が、ソーシャルブックマークサイトやニュースをピックアップしてコメントをつけるサービスなどに並んでいた。

「ああ、それ読みました。命に別状はなかったらしいんですが、プロデューサーが刺されたなんていうんじゃ、トレファンの改修、うまくいくのかな」

「やはり改修して直すという方向になっていたのだね」

「ですです。アプリ内のお知らせや攻略サイトにも改修する内容が出てました」

「うむ。私が今気にしているのは、ゲーム全般への印象だ。物騒な事件も起こって、ゲーマーのせいだと言われたら記事を読んだ人は信じてしまうからな」

「ですね……。ゲームのせいでって論調は何度も繰り返されるわりに、イメージを塗り替える出来事は、待ってても自然には起こらないッスね」

「そうだな」

「で、前にカードゲームが裏でマイニングしてたやつあったじゃないですか。あれの続きで、トレファンの調査ついでにスマホを繋いでるルーターを監視するようにして、アプリからどこへデータが行ってるのか、調べたんです。マイニングをどのタイミングでやってるかとかもわかりますし」

「そうなのか」

「徹底的に調べたかったんで。ゲームサーバー以外にも、決済なんかの時にOS側の決済サーバーに繋がるのと、あと仮想通貨系の通信かな。ボイチャなんかはP2P通信を組み合わせてあるみたいで、他のプレイヤーの端末に繋がってると思われるデータも飛んでます。でも、いくつか変なところに通信しようとしてるぽくて」

「変なところ、とはどこかね？」

「いやぁ、これまだ確定じゃないんで、不安煽りたくないんで……。どうしようかな。例えばそれが一箇所二箇所だったらわかるんですが、ポート探してんのかなぁ。いくつも」

「言ってみなさい。アプリケーションがそもそもウィルス感染していて、そのウィルスがどこかへ攻撃をしているということも考えられる」

「そうですか。っと……。たぶんこれ、政府です」

その言葉を聞いて、衡山は目を丸くした。

「穏やかじゃないな。政府といっても色々あるだろう」

「政府のシステムに対してなんかデータを送り付けてるというか、探っているというか、そんな通信をたまにしてます。ゲームでたまにフィールドにプレイヤー共通の敵みたいなのが出てくる時があるんですが、その時みたいなんですよね。アプリが落ちることもあるんで、よくわかんないんスけど、何でかな」

「サイトか。内閣府のサイトや衆議院のサイト、ｇｏ．ｊｐドメインだけでもいくつもある。どれかね」

「あー、なので焦らないでください。まだ特定できてないんで、サイト攻撃って感じというか、違うな。デジタルガバメント計画ってありましたよね。たぶんあれのデータに関連してるクラウド、なのかな……。とにかく色々とあたってる気がします。こういうの受けるほうでわかんないものなのかな。それとも、サイバー攻撃は日常茶飯事すぎて気づかないってことなんスかねぇ」

「それ、すぐにまとめなさい。箇条書きでいい。ファイルもなくていい。メールでも、手書きでもとにかく至急」

衡山は何か直感したようで、湯浅にまとめを指示した後、電話をかけ始めた。

「今話したの、憶測混じってるし確信持ないんですけど、いいスかね……。って電話中か」

衡山は送話口を手で押さえ、湯浅の言葉に頷いた。

「構わんよ。それを持ってすぐ内閣サイバーセキュリティセンターへ行ってくる。私たちが率先して騒ぐものではないが、適切に調査対応してくれるはずだ」

「了解ッス。10分くらいで現況まとめます」

8

「これでセキュリティアプリが反応した場合の回避方法はOKか……」

初瀬《はせ》は、攻略サイト『トレファン★ファン』へのプレイヤーが寄せてくる情報の中に、一部のOSでインターネットセキュリティアプリを入れている場合、プレイ中に何故かそれが反応して強制終了してしまうという件が増えていることに着目していた。自分でもそのOSの端末を用意して試してみたところ、同様の症状が出た。

ゲームアプリを叩き落とすとか、行儀の悪いセキュリティアプリだな――。

通常ならこういうものはゲーム会社とセキュリティアプリの会社に通報して、セキュリティの検知対象にならないようにしてもらうのが最適解なのだが、攻略サイトの記事を読みに来ている人は「ゲームをしたい人」であって「セキュリティを守りたい人」ではない。攻略サイトはニーズに忠実であることが重要だ。

初瀬は、わざわざインストールしてあるセキュリティアプリを無効にする方法を紹介するのはあまり良いことではないと知りつつも、端末側の設定で〈トレファン〉をセキュリティアプリの「検知対象外」にするやり方の記事を「自己責任で」の決まり文句とともに掲載した。

とはいえ、〈トレファン〉はそれなりに実績のあるゲーム会社がリリースしているものだし、OS企業の審査をパスしてストアで正式に配布されているものだ。その辺の野良サイトでダウンロードしてくるような、実行ファイルを端末内にコピーするタイプの危険なものではない。

セキュリティアプリを自分でインストールしているくらいの「意識の高い人」なら、ゲームのためにOFFすることもしない。逆にゲームが強制終了してしまうことに腹を立てている人は、たまたまプリインストールで入っていたなどの事情があると予想できる。いちいちそんな一人ひとりのケースに、攻略サイトが丁寧に応えている場合ではない。

ゲームをしてもらう、攻略サイトを読んでPV数を上げてもらう、アフィリエイト広告を踏んでもらう、それ以外のことに心を動かされてはいけない――。

初瀬はサイトの更新を進めた。


人気のあるゲーム攻略サイトは、公式サイトやアプリ内のお知らせよりもよく読まれる。むしろアプリ内のお知らせなど読まないプレイヤーのほうが多いかもしれない。運営からのお知らせはどちらかというと大本営発表のようなもので「営業上、言えないことには触れない」ものだからだ。

プロデューサーが刺された事件も「報道されている件につきまして」と題したお知らせこそ掲載されたが、そこには「一部報道機関で」とか「運営には支障はございませんため」とか、「ご安心ください」とか、何一つ具体性のない言葉が並べられていた。

さっきアップしたばかりのセキュリティアプリ回避記事にすぐコメントがつく。「ボス戦中に通知が割り込んできたり、アプリが落ちることが無くなりました。本当にありがとうございました！」素直に感謝されていいものなのか微妙だが、それがその人の選択だ。リロードするたびに、記事につけている「役に立った」ボタンのカウントが上がる。

初瀬はベッドに潜り込んだ。寝床でもスマートフォンは手放せず、他のブログサイトなどを漁っては読む。すると、一部のネットセキュリティ論者が〈トレファン〉をこき下ろしている記事が目についた。

記事には『すぐアンインストールするレベル。仮想通貨流出、ユーザー許可の曖昧なマイニング、インターネットセキュリティアプリが検知する不審なプログラム、おまけにプロデューサーが刺されたという事件も発生。数え役満だろこんなの』と書かれていた。

そこにはイメージキャラクターのアイドル《エリナ》が週刊誌に撮られたことは書かれていなかったが、もし書かれていたらさらに一翻くらい乗っただろうか――。

外野が騒げば騒ぐほど〈トレファン〉は話題になり、他の企業系攻略サイトがぼちぼち初瀬の記事をパクり始めたのも観測できるようになった。

＊

スマホの画面をＯＦＦして、天井を見つめる。ふと、エリナのいない右側に想いを馳せる
「嘆きつつ一人寝《ぬ》る夜の明くる間は……。ってこれか」
小学生くらいの時に意味もわからず覚えさせられた百人一首が口を突いて出てきた。その後が続かない。何だったたか。思い出せそうで思い出せない。あの時、何を習ったんだったか――。
そんなことを考えているうちに、更新作業の疲れからか強烈な眠気に襲われ、初瀬は意識を手放した。

【平成最後のＩＴ事件簿】④オンラインサロンとブロガー刺殺事件

オンラインサロンという言葉は２０１０年初頭にはインターネット上に登場していて、２０１２年の後半にはオンラインサロンサービスがアーリーアダプターたちの間で話題となり、その後クローズドなコミュニティを基盤とした「サブスクリプション」サービスが広まった。参加者は月額費用を支払って、各サロンに加入する。ネット上のインフルエンサーが、「脱社畜」を謳《うた》って新しい働き方を説くなどは典型例だろう。

オンラインサロンでは主にサービスに据え付けられたコミュニティ型のチャットシステムやＳＮＳのグループ機能が用いられる。活動はそのサロンの主宰による講話や一対一の遣り取りだけでなく、集《つど》う人々との交流で切磋琢磨《せっさたくま》したり、企画立案されたプロジェクトを一丸となって進行したり、何らかの仕事を得たりと様々である。

参加者のモチベーションは、主宰の特色にあわせたスキルをアップしたいというのもあれば、サロンでの人脈を何かに役立てたいというように、多岐にわたる。日々の生活では得られない「やり甲斐」や「自己実現」の場として利用したいという人もいる。

そういった時流がある中、オンラインとリアルがひと続きであることをあらためて思い知らされる痛ましい事件が発生した。２０１８年6月24日、ブロガーのＨａｇｅｘ氏がＩＴセミナーの講師として訪れた場所で刺殺された。犯人は日頃からネットで他のユーザーに宛て暴言を書き込むなどしていたが、氏とは面識が無かった。直接の争いがないにも関わらず、犯人は氏がセミナーで近所を訪れることを知って待ち伏せたり、刺殺した後の逃走時にもネットへ行動を誇示するような書き込みをしたりと、想像しがたい行動をとった。

ブログやＳＮＳといったメディアが広まったことにより、誰もが発信しやすくなった半面、誰かから無用に傷つけられる恐れも大きくなった。書き込みの内容や傾向をもとに、運営ノウハウやＡＩ技術を用いて、悲惨な事件を未然に防ぐことはできないものなのか。コミュニケーションプラットフォームが果たす役割について、より一層の議論をしていく必要があるだろう。

第五話　混沌

1

その日、午前零《れい》時の時報とともに、〈トレーディング・ファンタジー〉に混入していた小さなプログラムが一斉に牙を剥《む》いた。

〈トレファン〉がインストールされた大量のスマートフォンは、一夜にしてネットワークに繋がれた攻撃マシンへと変貌した。

その数、国内３００万、アジアを中心に国外７００万。計１０００万台が連結され、分散コンピューティングによって目標となる日本政府に関連したサイトや、デジタルガバメント計画に含まれるシステムを次々と捜索し、それぞれに対し静かに攻撃を開始した。

夜中のうちは、政府や役所に関連したサイトへの接続ができないということに気づいた人はまだ少なかったが、そして朝になり、徐々に知れ渡っていった。

ツイッター、インスタグラム、フェースブック、LINE、mixi、ソーシャルブックマーク、ブログ、小説サイト、ビジネスチャット、グループウェア、メッセージ、メール……。ありとあらゆるネットメディアで、誰もがこの奇妙な事件について意見を書き、感想を述べ、妄想を垂れ流し、あるいは虚偽の内容だと感づいてもそれらを拡散した。

誰しも自分のスマートフォンが「加害者」になっているとは夢にも思わず、最も簡単な「スマートフォンの電源を切る」ことさえできないでいた。

＊

「今、ほうぼうに手を尽くしているが、攻撃は止まる気配がない」

「サイバー警察がいるんでしょ。正義のハッカー《ホワイトハット》がなんとかしてくれるよ」

「役所のネット届け出が使えなくなってたから、普通に窓口行ったらめっちゃ早く手続き終わったから、めっちゃ早いよ」

「皆さん、すぐにゲームをプレイするのを止めてください。ゲームの依存症の原因になります。できればスマートフォンもOFFにしてください！　子供たちからスマートフォンを取り上げましょう！」

「いま一番流行ってるアプリやサイトに政府からお知らせを出させればいいんだよ。トレファンや野外行為のアプリ内に告知を載せさせればいい。スクショも拡散して。名案じゃね？」

「だめじゃん。ブロッキングして一般市民のスマホからの通信をシャットアウトするのが一番なのに何やってんの。野良DNSも全部止めるべき。違法漫画サイト一つ既存の法規で潰せなかった前例があるのに、ここまでしてブロッキングしないのは遅すぎ」

「みんな首の後ろにソケットみたいなのついてるはずだから、引っこ抜いて目を覚まして！」

「今ネットバンキングしたらお金が盗まれるって本当？」

「ブロッキングは検閲。攻撃に遭っても絶対にすべきではない。攻撃に弱いサーバーを設置している情弱な政府の自業自得」

「トレファンのアプリが暴走したってマジ？　セキュリティアプリで止められてたんだろ。それの回避方法教えたヤツって、最悪じゃね」

「隣国はSNIフィールド使って接続遮断したって。日本じゃできないの？」

「出たよ嘘松。アプリのゲームで政府が攻撃できるわけないじゃん。客をとられた『野外行為』側のネガキャンのステマだよ。野外行為ってアジアのゲームだろ。炎上させてサイバー戦争になるんだよこれ」

「スマホの電源切ったら、つぎいつ電源入れたらいいの、ウチ、テレビないんだけど」

「電話が盗聴されるようになったのですが、それも遠隔から電磁波攻撃を脳に受けているからでしょうか。こっちは真剣に訊いているんです。回答してください」

「今トレファンやってるヤツって単なる非国民でわ？」

「ボスキャラがどっかの国の主席をモデルにしてて、その怒りを買ったから攻撃受けたんだろ」

「人も殺されたらしいし、呪いのアプリですね……」

「今日の私、あんまし可愛くなく撮れた、ぶー」

「スマホのＯＳ側で止められないのかよ。国はＯＳ企業も動かせないの？　海外企業だから？　向こうの大統領への忖度ってヤツ？」

「仮想通貨マイニングしてるのが政権の気に障ったの？　掘れたコインを税収に充当したらベーシックインカム実現するんじゃゃね」

「ソーラー発電のモバイルバッテリーをスマホにつけて、それでトレファン起動したら、無限に政府を攻撃できるぽい」

「どこかの国みたいに、ネットを国内だけで閉じておけばこんなことにならなかったのでは。金盾万歳って感じで」

「まるでＳＦだなぁ。通信機能のないレトロゲームやってる俺は勝ち組」

「今こそガラケーに戻ろうぜ！」

「トレファンは巧妙に足取りがわからなくなるように互いを経路にしあって、かつ攻撃先を変えていきます」

「スマホ持ってる人を片っ端から殴り倒していけば解決する。筋肉は裏切らない」

「歴史に残るゲームだから今のうちに実況しとこうぜ」

「わざと停電を起こして止めようにもサーバーのあるデータセンターが都内にあるとは限らないだろ。無停電電源装置もあるんだろうし」

「世界中に糞データをバラ撒いて迷惑をかける美しい国爆誕」

「もうアンインストールしてるはずなんだけど、スマホ使ってるだけで犯罪者になっちゃうの？」

「ネットの世界に入って戦う特撮ヒーローいたよね、グリッドコンピューティングマン？ なんだったっけ。子供の頃に観たなぁ。ありゃ早すぎた傑作だよ。え、アニメ版の新作を最近やってたの？」

「この際、インターネット利用は免許制にすべき」

「サイバー攻撃のせいでカーナビぶっ壊れてコンビニに突っ込んじゃったなう。なお、アクセルとブレーキを踏み間違えた模様」

「なんでクライシスコインの価格、上がりまくってんの？ 日本がサイバー攻撃に遭ってるから？」

「ネット攻撃に加担しているという疑惑の一点をもってこのゲームに皆さんが低評価をつけるのは納得できませんね」

「実は政府のＩｏＴのセキュリティ抜き打ちテストをやったらぶっ壊れたんで、ゲームのせいにして隠ぺいしてるんじゃ。俺の占いは当たる」

「トレファンしまくってる息子からタブレットを取り上げたら家の中に血の雨が降った件」

「アンインストールしていない人に、罰金を振り込むように案内しているメールは詐欺ですご注意を。拡散してください」

「サークルフェニックスの本社をこれから爆破しま～す。これで全部解決」

「アプリの配信を停止しても、すでにインストールされているアプリの挙動までは止められません！　国外にも利用者がたくさんいて、国内だけの告知では到底収集がつきません！」

「爆破予告が出たので全社員、出社禁止とします。すでに出社していた社員は速やかに帰宅してください」


ほとんどの人にとって、身の回りを見渡しても、何がどう攻撃されているのかはまったく知覚できない状況で、ただただ政府のシステムが攻撃されているという情報や、確認しようのない対処法が広がっていく――。

2

▽「タバやん」さんが入室しました。

@アミリ：ログインできた？

@タバやん：できた。これ、VPNで繋がってるグループウェア？

@アミリ：かっこよく言えばね。単にクローズドなチャット。内容が内容だしVPN接続で暗号化。ベトナムとの遣り取りでも同じ仕組み使ってる

@タバやん：そっか。で、あと誰を呼んでくればいい？

@アミリ：サークルフェニックスにほかに知り合いいないの？　全部の部門を横断してるような人がいいんだけど

@タバやん：寺嶋以外で、誰か知ってる人いた？

@アミリ：普通の会社って、品質保証とかやってる部門だと、開発や法務にも近い？

@タバやん：企画から技術から全部にいちゃもんつけに行く部署だからそうなるのでは

@アミリ：心あたりあるからサークルフェニックスに電話してみる

@タバやん：きっと社員みんな帰ってる。あそこ爆破予告が出たから

@アミリ：何それ

@タバやん：愉快犯だと思う。ニュースサイトのトップに出てる

@アミリ：ダメもとで連絡とってくしかない。タバやんさんはトレファンの攻略サイトの管理人に連絡とってみて
@タバやん：なんで攻略サイト？　あ、広報代わりに使うのか
@アミリ：このグループウェアへの招待、出して構わないから。トレファン被害を有志で対策したいとかうまく伝えて
@タバやん：おk《オッケー》！

＊

▽「貞本」さんが入室しました。
@貞本：お誘いいただき、ありがとうございます。サークルフェニックスの貞本です。
@タバやん：レガシーなスタイルの電子会議室へようこそ
@アミリ：先日は不躾にごめんなさい　〉貞本さん
@貞本：いえ、内線電話でお名前をお聞きした時、びっくりしました。以前テレビでお見

かけしていて、結構ファンで好きだったので。

@タバやん：どういう告白タイムだよ

@アミリ：貞本さん、品質保証部だったら、アプリの修正済バージョンをOSの審査に回すのって、できます？

@貞本：組織内の役割をお伝えするのは良くないことなのですが、緊急時ですので、お教えします。いわゆる『ポチる』役は、私がしております。

@アミリ：ｇｏｏｄ

@タバやん：ポチるって？

@タバやん：犬の散歩？

@貞本：スマホアプリをOS企業に申請するときに、バイナリをアップロードして申請ボタンをクリックする係です。

@タバやん：品質保証した後にそういうことをやるってわけか。了解

@貞本：ご存じのとおり、プロデューサーが怪我で入院したのと爆破予告で系統だった動きができません。

@タバやん：そんな状態で差し替え用のアプリなんか申請できんのか

@タバやん：御社のプログラマーさん、連絡ついたりします？　〉貞本さん

@貞本：私は先ほどたまたま帰る直前で麻布さんからの電話をとれたのですが、他の社員は全員帰宅済みで、プライベートな連絡先は人事部しか知りえません。
@タバやん：ですよね～。しっかりしてる企業ってのもこういう時困るな
@タバやん：とはいえ社員じゃないとソースコード触ったりできないだろうし
@タバやん：どこかにスーパーハッカーいないのかな・・・

＊

▽「ハルト」さんが入室しました。
@ハルト：皆さん、初めまして。『トレファン★ファン』の管理人してます
@アミリ：攻略サイトの管理人さん？
@ハルト：そうです
@ハルト：実は田場川さんとは4年前にちょっとお会いしていますｗ
@タバやん：マジで？　知ってるからＯＫしてくれたってトコ？

@ハルト：いえ、セキュリティアプリ回避の記事載せたの俺ですし、責任感じてます
@貞本：品質保証部の貞本です。初めまして。
@ハルト：どうも
@タバやん：ハルト氏にはトレファンのプレイヤー向けにお知らせを出してほしい。公式では出せなさそうだから
@ハルト：了解です。文面考えます
@タバやん：ちょっと思ったんだけど、倉石クンになんとか連絡ついたりしない？　相変わらず既読にもならないいんだけど
@アミリ：仮想通貨のことがわかるから？
@タバやん：コインパーチェスの最初のバージョン、プログラムも彼だろ？　仮想通貨回りのことわかるなら、なんかできるんじゃないか、ていうか俺の知ってるスーパープログラマー級のやつ、倉石クンくらいしか知らない
@ハルト：倉石さんって、あの倉石さんですか、行方、わかったんですか？
@アミリ：わかるヒトが刺されて入院しちゃってね。その人は連絡とれてたらしいんだけど
@タバやん：寺嶋のことかー！
@ハルト：そうなんですね。じゃあ、助っ人が必要ならもう一人、ここに誘っていいで

すか？
@アミリ：誰を呼ぶの？
@ハルト：サイト作ってる時に色々意見くれた人なんですが、かなりトレファンの通信とか解析してて、たぶん政府への攻撃にも気づいてたはず
@タバやん：そんなヤツいんのかよ。そういうのは、とっととサイバーセキュリティセンターにでも通報しておいてくれよな
@ハルト：それは彼に直接言っていただくとして
@アミリ：いいよ。このグループウェアのこと伝えて。仲間は数いたほうがいい
@貞本：私はとりあえず待機しておけばいいですか？　自宅にいると家族サービスをしなければならなくて。
@アミリ：はい、ありがとうございます。何かあったら呼びます。たぶんアプリを申請するのはもうちょっと先になるとは思います
@貞本：もしアプリの改変ができたとしても、おそらく審査が下りないと思います。今、ストアからの配信は停止されていますし、ＯＳ企業も現状を知っているので、改善版だとしてもアプリを差し替えるようなことには懸念や疑いを持たれると考えられます。
@タバやん：確かに。プログラマーがいてもそこを通すのは難しいか・・・

＊

▽「ユウスケ」さんが入室しました。

@ユウスケ：こん◯◯は。堅牢で無骨なチャット使ってるんすね。本格的だ

@タバやん：懐かしのネット挨拶だな。日本のサイバーセキュリティの最後の砦へようこそ

@ユウスケ：ウェルカムトゥーアンダーワールドってやつっすね。もうハルトさんから聞いているかと思いますが、ＪＮＥＧＡに勤めてます。所長が役人や各ＯＳ企業へのコネが強いので、何かあったら言ってください

@ハルト：伝えてないし、初めて聞いたんだけどそれ。ＪＮＥＧＡに勤めてたのか

@ユウスケ：っと、確かに言ってなかったですね。仮想通貨やゲームに詳しいのは仕事柄ってやつっす。以前はギルマスで３００人束ねてました

@タバやん：暴走族みがあるな、その自己紹介

@アミリ：私も、レディースの頭だったから、わかる

@タバやん：え

@貞本：え。

@アミリ：貞本さん、家族サービスで離席してたんじゃなかったの？
@タバやん：ｗｗｗ
@ハルト：ｗ
@ユウスケ：ｗｗｗ

「ｗ」を入力しながらも、モニタの前ではそれぞれがしかめ面で、次の一手を何か打てないものか、思案に暮れていた。

@アミリ：ちょっと離席します。ほかに力になれそうな人、探してみる
@タバやん：いってらっしゃい
@ユウスケ：俺も所長に連絡とってみます

▽「アミリ」さんが退室しました。

3

未曾有のサイバーテロ事件が、国民の所持するスマートフォンによって引き起こされるという緊急事態。それに押される形で〈トレーディング・ファンタジー〉アプリからの攻撃的な通信を遮断するため対策委員会が政府内に設置され、「通信の秘密」に関する法的な判断を経ず、特定アプリのブロッキングを容認する形で超法規的に対策を実行する――。

その衝撃的な内容は、日本国内のインターネット論壇に一石を投じることになった。従前の議論でブロッキング否定がなされ、紛糾していたところに政府主導での対策を認めざるを得ない強烈な事件が発生した形になったからだ。

テレビでは内閣総理大臣が囲み取材を受けており、いわゆる「政治家弁《べん》」で回答をする姿が映し出されていた。

「……つきましては、悪質アプリからの通信を遮断するため、超法規的にブロッキング対策を実施することを目的として、対策委員会を設置し、識者の力もお借りしましてですね、早期に検討を進めたいと、こういう所存でございます」

具体性を欠く内容に、記者から質問が矢継ぎ早に繰り出される。すでにこの場では〈トレファン〉

は『悪質アプリ』という名で呼ばれていた。

「総理。ブロッキングについては以前にマンガを中心とした違法著作物掲示サイト問題で、通信の秘密を侵害してまでの法制化には至らなかった経緯がありますが、今回は政府主導で悪質アプリを遮断するということでしょうか？　他の通信も全て検閲しなければ悪質アプリの通信かどうかは判別できないというのが有識者の意見ですが」

「民間でもですね、内閣サイバーセキュリティセンター監修の元、当該アプリケーション開発社や、インターネットセキュリティ専門企業、携帯電話事業者がそれぞれ取り組んでおります。あくまで緊急性の高い事案、事態でございますので、ブロッキングに関しまして主導していくと、そのための対策委員会設置をですね、設置して対応にあたると、そういうことでございます」

「総理。スマートフォンのＯＳレベルでこれを遮断できるのではないかという意見も出ております。メジャーなＯＳ企業へは何か強制はできないのでしょうか。海外製ＯＳの寡占によって携帯電話事業者が不利な状態にあり、日本の携帯電話市場を押さえられているため貿易問題が発生することを恐れて強く出られないのではないかと言われておりますがいかがでしょう？」

「それにつきましてはですね、あくまで本件ブロッキングについては海外のスマートフォン企業とは別の流れであると、国内のブロッキングによる通信遮断は国内インターネットプロバイダ事業者が主導するものであれば即効性があると、そのような観点で進めておりましてですね、貿易の問題や寡占市場かどうかということについては先の報道にもございましたように、公正取引委員会が入りましてですね、また別の報告を受けております」

「アメリカで中国のＩＴ機器メーカーを名指しで排除する動きがありましたが、今回も問題のあるスマホを排除する形では解決しないのでしょうか？」

「特定のメーカーのスマートフォンを排除するという形では決着する問題ではないと、そう報告をですね、受けておりましてですね、そのような解決ではないと。しかしながらメーカーの対策で、こういったサイバー攻撃に端末が利用されないようできるのではないかと、対策委員会からも各メーカーへヒアリングをですね、実施する予定でございます」

「官公庁のサイトなどが機能していないということですが、具体的な被害額はどのくらいなのでしょうか。今後の国政や、二年後に控える東京国際スポーツ大会への影響は」

「被害額につきましてはですね、現在、具体的に算定中でございましてですね、ですが、概算も算出が難しいと、非常に難しい状態、被害を一つ一つ洗い出すのにも時間がかかるものであると、聞いております。二年後の東京国際スポーツ大会につきましては、今回の件にかかる部分という認識はしておりません」

4

――プチッ。

倉石《くらいし》は潜伏しているアパートの部屋でテレビの電源を切った。ほとんどのニュース番組は先ほどから総理大臣のインタビュー映像を何度も繰り返しているか、タレント扱いの若い社会学者がいい加減なコメントを垂れ流しているだけで、新たに得られる情報は何も無かった。

仮想通貨流出が気になって〈トレファン〉解析を始めていたものの、事件発生まで自律型攻撃プログラムがアプリに仕込まれていたことに倉石は気づけなかった。〈トレファン〉のアプリを解析していたノートPCのケーブルを抜き、倉石はそのまま仰向けにベッドに寝転んだ。

あのとき、寺嶋の説得に成功して配信を止めていられたら、少しは被害が減らせたかもしれない――。

倉石は深呼吸をすると、この『サイバー・ハザード』を食い止める方法について考え始めた。

アプリはある種のファイルが読み込まれたタイミングで、ゲームとは無関係にCPUへ直接指令をしていたが、この挙動はOS企業の審査でも発見できなかったとみえる。スマートフォン用のインターネットセキュリティアプリも、その実効性の薄さからインストールしてある人は少数派に思える。

全世界の〈トレファン〉のアプリを強制アンインストールするか、無害な状態へと更新してしまえば攻撃の発動が止められそうなものだ。だが、今の今までそうなっていないということは、何か理由があってそうできていないということになる。もし、寺嶋《てらじま》が入院さえしていなければ、ブラックボックス開発者に連絡をとらせて解決させる道も考えられたが、その道も潰《つい》えている。

警察は……。Coinhive《コインハイブ》でのマイニングに逮捕者を出したときには実績をアピールするような報道があったのに、これだけ大がかりな事件になっていても、どう動いているのかが見えてこない。仕組みが複雑すぎて理解できていないのだろうか。それともゲーム会社に対する爆破予告の犯人を逮捕するほうが点数でも稼げるのか。あるいは単に報道されていないだけか。

それに、政府は対策委員会を設置するというが、スマホメーカーやOS企業を詰めないのは何故だ。テレビでいっていたように携帯電話業界に何か動きを重くする理由があるのか、それとも今回の事件に便乗してブロッキングの既成事実を作り、ネットの下馬評のように情報統制国家を作ることでも目論んでいるのか――？

倉石は、寺嶋が電話でいっていた〈クライシスコイン〉と〈トレファン〉の画を描いた人物はアミリのことだという確信があった。アミリなら自分の関わったプロジェクトの「不始末」には敏感なはずだ。あれだけ剽窃について騒がれていたメディアやサービスを、座組まで整え直して売却するという大ナタを振るってまで始末をつけたからだ。今度のことも何とかしようとするに違いない。

もしアミリが事態の改善に向けて動くとしたら――?


逡巡している時間が惜しくなり、倉石はベッドから起き上がると検索サイトで『麻布アミリ』のキーワードを入力した。

そうしながら、スマートスピーカーへはボイスコマンドで「麻布アミリの連絡先」と告げる。だが「すみません、聞き取れませんでした」というボイスが部屋に響いただけだった。

ＰＣから検索できたのは麻布アミリがまだ「ブログの女帝」だった頃の古い記事ばかりで、直近の状況を知れるような情報は無かった。

インスタグラムで検索すると、誰かが隠し撮りしたようなアミリの写真画像が出てきた。「麻布アミリ、ちょー久しぶりに見かけた」というコメントつきだった。タグには「#羽田空港」とついていて、週末に投稿されていたことがわかった。

アミリは日本にいる――。

もしアミリが目的を持って動くとするなら、仮想通貨流出が起こってすぐ、〈トレファン〉のプロデューサーである寺嶋に会いに行ったはずだ。週末にアミリが来日したということは攻撃が始まる前だ。寺嶋が刺される前にアミリが接触できていたら、多少は事態が改善していたかもしれないが、最悪の『サイバー・ハザード』を迎えているということは、〈トレファン〉の開発者たちへのアプローチは失敗したということになる。〈トレファン〉自体の改善が見込めないならば、どうするか。

政府や役人や警察やＯＳ企業にも期待が持てないのなら、地道にアプリの利用者へ告知をするか、それともメディアを使うか。アミリならメディアの知り合いは多いから、その線はありそうだ。

もっとエンジニアリング的な解決はできないものか。〈トレファン〉のサーバーに侵入でもして、トリガーとなるファイルを書き換えるというのもあり得るか……。いや、それではすでに攻撃装置と化しているスマホを止めることはできない。

〈トレファン〉だけに効くアンチウィルスプログラムのようなものを作るにしても、それを広範囲にバラ撒く手段がない。

だが、アミリなら対抗手段のリソースは確保しに走るはずだ。思いつく策が今無くても、策を思いついて実行できる人を集めればいい。〈サークルフェニックス〉の寺嶋がダメなら、〈コインパーチェス〉のメンバーならどうだ？

そこまで考えて倉石は、次にアミリが声を掛けるべき人物に思い当たった。

厭世を気取って身を隠している場合じゃなかった、アミリが俺を見つけられない——。

5

「なんでこんなことしてるんだろ、私たち」

「ネットが未曽有の危機だっていうのにな」

麻布アミリと倉石は鏡張りの天井を見上げた。

V《ブ》R《イ》チューバーがいて、VRチャット全盛の世界で、仮想通貨にまみれたブロックチェーン・ゲームと未曾有のサイバー・ハザードを追っていたはずなのに、そこから一番遠くて原始的な肉体を重ね合わせて、互いのことを感じている——。

「ばかじゃないの。まさか本当にこの辺で会うとは思わなかったし」

「コインパーチェスに電話かけて社員に訊いて、アミリが門前払いを食らったって知ったから。そうしたら次は想い出の場所に来るだろうって、なんとなく」

「二人にとっての想い出の場所が、ここくらいしかないとか。末代までの恥って話」

「ここって、このホテルってことじゃないって。さっき出逢ったD坂上のビルって意味で俺、言ったんだけど」

「……」

アミリは場所がどこでもあの瞬間の想い出は想い出だったんだけどな、と思った。

「トレファンのことをダシにして、誰かがどうにか、したいようにするんだろうな」

倉石はため息交じりにいった。

「何それ、賢者タイム？　出すだけ出してどうでもよくなったとか、最低」

それからアミリはまくしたてるように続けた。

「ブロッキングでなんとかなるなんて本気で思ってないんでしょ。自分に嘘つかないで。政府の対策で攻撃が止まるわけでもないし、ブロッキングのシステムを残したままだと、日本のネットがめちゃくちゃになるよ？」

その口調に気圧されそうになったが、なんとか応えるように倉石もいった。

「情報統制を進めるような連中に手綱を握らせることになりかねないな。政権交代まで行かなくても、次に与党の総裁になりそうなの、東京国際スポーツ大会を牛耳ってる人か、土佐弁のキツい。ああいう爺さんはヤバそうだ。体育会系で民主主義が逆行する」

「そうだよ、こうしてる間にも、悪質アプリになったトレファンがいろんなところを攻撃してる。誰もスマホの電源、切りそうにない。ほとんどの人がアンインストールの仕方もよくわかってない。ホーム画面からアイコン消しただけでは内部にはプログラムが存在したままだなんて、理解してる人、そんなにいないもの」

勢いに乗せて、話題が散らかる。

「ブロックチェーンってことは、演算しながら攻撃に関する何らかの妥当性も検証しているよな」

「そう。想像でそこまで言い当てるのはすごいけど。でも演算で否決なんかされないって、全部のアプリが自律してるし、その前にグルなんだから」

「圧倒的多数で否決できれば、いいんだよな」

「前も、そんなこと言ってベッドを抜け出して、それっきりだった」

「そうだったか……。覚えてない」

「取引所のアプリを作ろうとして悩んでて、成り行きでこうなって、そのときも勝手にイッて『いいことを思いついた、これで仮想通貨が格段に使いやすくなる』ってホテルから飛び出して、そのまま会社に戻って仮想通貨取引所を作ったの、倉石くん。私がブログの件で大炎上して悩んでたのに、その話は全然聞いてくれなかった」

「……」

「それに圧倒的多数とか、無理。ウィルスのワクチンソフト作るみたいなノリで、オセロで大逆転するみたいなこと、アニメや映画でしか無いから」

「いや、ある。アミリの近くに」

「近くにって、後で渡すって言ったけどこれだけで何かできるものじゃないって」

アミリはシーツを手繰り寄せてから、もう一方の手を伸ばすようにして枕元に置いてあったポーチからUSBメモリを取り出した。

「はい。ブラックボックスのソースコード。本当だったらサークルフェニックスのエンジニアに渡すつもりだったけど渡せなかったし。うまく使える人、ほかにいない」

「それも必要だけど……アミリは開発会社に飛んでほしい。ベトナムにあるんだっけ。俺は忘れないうちにコードを書く。何をやるかはあとでチャットか何かで」

「倉石くんがブラックボックスの中を読み取る間に、私はフライトか……」

「数時間でソースを全て読み解くなんて無謀なことは最初からしない。API叩いてなんとかすることを考えるよ。ここにドキュメントも入ってるんだろ?」

倉石はUSBメモリを軽くはじいた。

6

▽「倉石」さんが入室しました。

@タバやん：マジか。倉石クン？

@倉石：ご心配かけました。友人へのプレゼントの件、今度埋め合わせさせてください

@タバやん：もちろん！　今の状況とか、わかってるよね？　トレファンはだいぶアンインストールした人もいたんだけど、海外分を考えたら数百万台は生きてる

@ハルト：攻略サイトを読みに来る数で、概ねアクティブユーザーの近似値は出ていて、一旦減ったのが微増していってる

@倉石：微増？　どういう意味です？

@タバやん：今朝の首相のインタビューで、ちょっと流れが変わっちゃって

@タバやん：政府がブロッキングで対応してくれるなら、何もしなくてよくなったって解釈する人が出てるみたいなんだよ。どうしてこうなるかな・・・

@倉石：一度アンインストールした人は、スマホのストアからはもうダウンロードできないですよね？

@貞本：初めまして、サークルフェニックス品質保証部の貞本です。
@倉石：初めまして。トレファンの中の人、いるんだ。アプリの改修、できないんですか？　それが一番ストレートなやり方なのに
@貞本：各ＯＳのストアからは、すでにトレファンは削除されています。アプリの改修なんですが、会社に東京地検特捜部が入ってしまい、ＰＣだけでなくソースコードから資料から社内開発サーバーまで、押さえられてしまいました。爆破予告の危険がなくなって出社したら、今度はアプリを改善することもできなくなったんですよ。
@倉石：余計なことを。
@ハルト：アプリのストアにはもう無くても、デッドコピーが海外のインストールサイトに置いてあるんです。遊びたい人はそこからダウンロードしてプレイを初めてます
@倉石：ゲームサーバーを止められる状況でもない？
@貞本：はい。クラウドのサーバーで、アメリカのを使ってます。それに社内ＩＰからしかアクセスできないようになっていまして。
@タバやん：その社内からのアクセスをしようにも、東京地検が入っていてできない、と。どんだけ堂々巡りだよ
@ユウスケ：どうも。ＪＮＥＧＡの湯浅です。所長に聞いたんすけど、超党派のネット系

議員連盟の人たちがブロッキング反対に回ってるみたいで、政治は政治でなんか動きあるみたいっす

@倉石：そんな情報も手に入るのかここは

@タバやん：それをこの前時代的な電子会議室でするの、面白いよね。これあとで本にできるな。『IT業界アベンジャーズ！　インターネットウォー！』

▽「アミリ」さんが入室しました。

@アミリ：タイトルから入るんだ　〉タバやん

@タバやん：そうだよ。おかえり

@貞本：おかえりなさい。麻布さんは今はどちらに？

@アミリ：今は空港。これからベトナム。開発会社、動かさないといけないから

@タバやん：開発って、倉石クンと連携して何かできる目処が立ったの？　トレファンはもう動かしようがないんで、新しくセキュリティアプリでも作る？

@倉石：トレファンに組み込まれてるブラックボックスと同じものを使って、ブロック

チェーンに攻撃を否決させる
@アミリ：トレファンのアプリを書き換えるのは難しいから、今動いてるブロックチェーンを上回る「議席数」を追加して、そこに反対させるってこと。フライトがあるからまたね。

▽「アミリ」さんが退室しました。

@タバやん：・・・さっぱり意味わかんねえな
@貞本：いってらっしゃいませ。〉アミリさん
@倉石：トレファンが攻撃を繰り返しているのも、圧倒的多数の端末からそれが「是」とされているからだ
@ハルト：ブロックチェーンで繋がれた端末たちの間で攻撃に関しての議決が常に繰り返されて、それに従って攻撃のアクションも行われてるってことですね
@倉石：そう。だからもっとたくさんのアプリをそこに接続していって、そいつらで否決してやればいい
@ユウスケ：すごいすね。ブロックチェーン型のセキュリティアプリを作るってことっす

か。３００人で足りるかわからないですけど、元ギルドメンバー《ギルメン》たちに頼んでインストール《インスコ》させますよ
@倉石：なんかノリがヤンキーだな
@タバやん：やっぱ同じ感想になるよね～　でも３００だろ？　数百万台がアクティブになってるのに、それを超える数で覆すって、どうやるんだ。『否決アプリで～す』って配っても、数万インストールできればいいほうでは
@貞本：どうするんですか？
@倉石：「ヤミマ」を使う

倉石の書き込みに、電子会議室のテキストを目で追っていたメンバーの誰もが固唾を呑んだ。

倉石の説明はこうだった。

〈ヤミマ〉はアミリがベトナムの開発会社に作らせたものだ。週刊誌の報道がきっかけで、サービス自体の見直しを迫られ商品の売買を一時停止しているが、実際のアプリは問題なく起動する。OS企業からリジェクトされたということではない。このアプリに〈クライシスコイン〉で使われた

ブラックボックスと同じものを組み込み、「議決権」を持たせる。

〈ヤミマ〉はすでに国内2000万ダウンロード以上。ほとんどの人がアンインストールせずに、サービスの再開を待っている状態だから、アップデートをかけて〈トレファン〉のブロックチェーンに接続すればいきなり「覇権」がとれるということになる。

アミリがベトナムに着き次第、〈ヤミマ〉の開発会社にブラックボックスのソースコードを渡し、現地でのプロジェクト進行の段取りをつける。

倉石はグループウェアから現地開発者とテレカンで具体的な打ち合わせをした後は、共同開発に移る。UIの設計をしている時間が無いため、アプリ起動時に、即ブロックチェーンへ連結して「議決」に参加する仕様とする。

そして――。

▽「ユウスケ」さんが退室しました。
▽「タバやん」さんが退室しました。
▽「ハルト」さんが退室しました。
▽「貞本」さんが退室しました。

【平成最後のIT事件簿】⑤ブロッキング事案

２０１８年を通じてネットニュースを賑わせたのは、『漫画村』に代表される著作物の違法アップロードサイト対策に関する問題である。これは、同年4月13日に内閣府知的財産戦略本部が海賊版サイトへの緊急対策案を発表したことを端緒とする。

海賊版サイトは、日本国外の「防弾ホスト」と呼ばれる、諸外国からの著作権侵害に関する申し立てや各種情報開示請求を受け付けない地域・組織に所在しているサーバーにデータを格納しており、アップロード者に関して秘匿されることから、犯人を突き止めるのは難しく、現場対策はほぼ手詰まりとされていた。

「アップロード者を突き止めて対処する」ということから離れた案として登場したのが、海賊版サイトへのアクセスを断《た》ってしまおうという『ブロッキング（接続遮断）』である。実施にあたってはインターネット接続事業者（ＩＳＰ）で管理されているＤＮＳでの遮断が可能であるとしている。

しかしながら「その通信内に違法サイトへのアクセスが含まれているかどうか」を判定するには、通信の内容を常に検査している状態でなければできない。

この判定をするために通信の内容を検閲することは憲法における「通信の秘密」を侵害するするため、立法プロセスを経ずブロッキングを遂行するというのは「緊急避難」にあたることなのか、現行法であるプロバイダ責任制限法の改正で発信者情報開示請求の範囲を拡大することで対応ができるのではないか等、議論を呼んだ。

そのさなか、作家と弁護士によって、不可能という評のあった海賊版サイトが利用していたコンテンツデリバリーネットワーク（CDN）サービスへの情報開示請求が行われ、ブロッキング推進派だった出版社等の勇み足が明確になるなどもあって、有識者や市民からの反対意見も強いことから議論の進行とともにブロッキングは廃案に至った。

その延長線上で、2019年初頭には著作権法改正案において、従来の映像や音楽と同様に静止画のダウンロードも違法とすることについて議論が起こったが、こちらも紆余曲折の末に一旦廃案となった。今後の動きからも目が離せない事態といえるだろう。

第六話　終焉

1

湯浅《ゆあさ》は所長の衡山《ひらやま》を説き伏せた上で、世界最大のモバイルOSである〈ウインドブロウズOS〉を展開している〈マキシマソフト〉の日本支社を二人で訪れていた。

「ヤミマはサービスを停止しているが、アプリのアップデートを急ぎたい。新バージョンが審査部門へと申請されたら、審査をスキップしてでもすぐダウンロードできるようにしていただきたい」

真剣な面持ちで衡山は訴えかけたが、アプリ審査部門の担当者は難しい顔をした。

「お話も聞きましたし、報道されているトレーディング・ファンタジーのことも理解しているつもりですが、別の問題がありまして……。あまりにもヤミマで不法な取引が多かったものですから、その、新バージョンが登録されてもすぐには審査を通すなというお達しが、ええ、その上のほうと言いますか、元からありまして、はい」

「筋の悪いアプリに対する嫌がらせをしてるってことッスか」

如何ともしがたい気持ちが湯浅に広がった。日本の危機だというのに、組織に所属している人間はそんなことを気にして歩みを阻むのか――。

呆れと悔しさがないまぜになったその時。

「そこを何卒っ！」

突然、衡山が椅子から飛びのくようにしてひれ伏し、頭を床につけんとばかりに懇願し始めた。

「これまで御社にはゲームアプリ市場の拡大に尽くしていただいた。しかし今、そのゲームアプリの暴走によって日本のインターネット産業の将来は危ういものとなった。これはひとえに業界の未熟さ、目を配らなくてはならない私の不徳の致すところですっ。是が非でも、恥を雪ぐ機会を与えてくださいっ」

その姿を見て湯浅も衡山に並ぶ形で伏せ、先ほどの気持ちの行き場を求めるように声を上げた。

「見ぬフリをしていれば、いずれ政府がブロッキングで対応し、問題のアプリからの通信は封鎖されて解決すると思うッス。でも、その先のネットの自由を考えたら、できる限りのことをやって、解決していきたいんです。お願いします！」

「……結構大きいことになってるんですね。私はてっきり、問題のアプリが政府のシステムを攻撃しているから、政府で防御の対策をとればそれで解決すると、そう思っていました」

ＩＴ企業に勤めていても、この担当者のように事態がどういう性質のものかをとらえきれていない――。

湯浅は肩透かしを食らったような気持ちになった。

「報道でOS企業なら特定のアプリを封じたり、強制的に削除したりできるんじゃないかって言われてるのに、してないッスよね。そうしない理由があるんですか」

「私の方からは、それについては何も申し上げられません……」

口ごもったまましばらく無言の時間を過ごす。

内線電話が鳴り、「ちょっと失礼」と言ってその担当者は電話に出た。そして、衡山と湯浅のほうをチラチラと見ながら、「はい、はい」と何度か頷きながら答えた。


「すみませんでした。今、上の者から連絡がありまして……。その、審査の件、わかりました」受話器を置いて、担当者は衡山と湯浅にいった。

「審査、通してくれるんスか」

「ヤミマの新バージョンの申請が来たら、私に回すように現場には伝えます。責任重大ですが……。あなた方を信頼して、審査を通すようにします」

「おお、おお。ありがとうございますっ」衡山は顔を上げ、担当者ににじり寄ると、その組んだ手のひらを包むように握り、感謝した。

「とはいえ、先程のお話ですと、起動時にブロックチェーンの議決に参加するというのですから、完全にレギュレーション違反の動きをするというアプリなんですよね？　通常なら、誰が審査をしても、突き返すべきものです」

「もちろん、最大限の配慮はします。こうやって協力してくださることがわかった今、御社のレピュテーションリスクに関わる箇所は、開発者に直させます」衡山は聞き返した。

「いえ、その必要はありません。……恥ずかしながら、ザル審査って評判も、こういう時には役に立ちそうですね」

＊

帰り際に、〈マキシマソフト〉ビルのロビーで衡山が湯浅に告げる。

「最大手のマキシマソフトを説き伏せられたんだ、あと二つ、ＯＳ企業を回るぞ」

「そうでした、あと二社かぁ。片方、ムチャクチャ苦手なんスよねぇ。どっちとは言わないですけど。なんの対応もしてくれないほう」

「言わんとすることはわかるが、行くしか無いな」

衡山はさっきの土下座で赤くなっていた額を拭った。

2

日が暮れる頃、幕張のイベントホールステージ裏、楽屋へとイベントスタッフに案内されながら、田場川《たばかわ》は初瀬《はせ》を小突くようにしていった。

「初瀬クンさぁ、なんで関係者受付から入れたり、バックステージパス持ってたりするわけ？　でっかいバジェットで広告費かけたことあるとか？」

「そういう役得じゃないですよ、田場川さんはそういうの得意かもしれないですけど。単に俺が元カレで関係者チケットもらったってだけです」

「も、元カレぇ⁉」

二人が楽屋に足を踏み入れると、化粧台で〈黄泉比良坂《よもつひらさか》47〉のメンバーがメイクをしているところだった。それぞれが凛とした表情を浮かべ、今晩のステージへと気持ちを高めている。

「よっ」

初瀬は、軽く手を上げ、鏡越しにエリナに話しかける。

「……パス、ちゃんと届いたんだ」

「ありがとう、昨日の今日で送ってもらえて助かった。こちらは田場川さん。まあ、パスにはサークルフェニックスの寺嶋《てらじま》って書いてあるから完全にウソだけど」

「え、これ寺嶋のパス……同じTから始まってるから気づかなかった。TABAKAWAじゃなかったのか。でもなんで?」

「初めまして、田場川さん。江ヶ崎エリナです」

「ほ、本物だよ!」

「サークルフェニックスさんに渡すはずのパスだったんです、それ。あたし、寺嶋プロデューサーに気に入られてるし直接届けますって、マネージャーから二つ受け取って、それで」

「それを初瀬クンに横流ししたのか。それにしても気に入られたって、寺嶋のヤツ、こんな若い娘にちょっかいを……。バチが当たったって当然だな。あ、それで初瀬クンが振られた?」

「そういうことじゃないって。田場川さん、発想を広げすぎ。本題に入らないと」

「そうだった。俺から説明します。オホン」

それから田場川は、エリナといつの間にか周囲に集《つど》ってきていたメンバーたちに〈ヤミマ〉のアップデート版のインストールを観客に広めるという件で説明を始めた。人気急上昇のアイドルに『インフルエンサー』になってもらおうというわけだ。今日の公演は多数のネットテレビやオンデマンドの映像サービスで無料配信されることになっていて、アーカイブも含めてかなりの人数にリーチできることがわかっていた。

一通りの説明を聞いたマフユがいう。

「もともと今日、トレファンのアンインストールを呼び掛けるようにっていうのは、言われてました。ステージ途中のお知らせとかする時にね。だって、うちのチーム、イメージキャラクターだし。キャラの最後の務めがアプリを消してってお願いすることになるなんて、なんかエモいよね」

「お、エモいの好き？　いいねぇ、俺も大好き」と田場川は調子を合わせた。

「そこにヤミマをアップデートして起動してくれってコメントをつけ足してくれればいい」初瀬がいうと、マフユとエリナは頷く。

「勝手に台本にないことつけ足しちゃって大丈夫かな。マネージャーに訊いたほうがよさそう」と他のメンバーが不安がる。

「訊いたら断られるしかないことは訊かないでおくっていうテク、世渡りには必要だよ」

田場川がドヤ顔でいうと、皆「なるほど」という顔をした。

「はーい、マフユ、わかりました！　みんなもわかったよね？　ね？」

「じゃあ、エリナ、あとはよろしく。俺、長居できるもんじゃないし」

「うん。……あ、これ、持ってきてるよ、御守り」

エリナはバッグから古いスマホを覗かせた。有線のイヤフォンが刺さっていて、本当にミュージックプレイヤーがわりに使っているようだった。

＊

廊下から裏口まで、初瀬と田場川は来た道を戻っていた。

「田場川さん、さっきエリナが持ってたあのスマホ、4年前に俺が初めて田場川さんに会った時にビットコイン入れてもらったやつ」

「4年前……。なんだっけ。あーっ！　渋谷でやったアレか。俺が広告代理店から独立して最初の頃のビットコインセミナーだ。あの時調子に乗って1BTC《ビットコイン》もやるんじゃなかったって後悔したんだよ。あの時3万くらいだろ？　ずっと持ってた？　去年換金してたなら200万近くになったろ？」

「それが、ウォレットのパスワード適当につけたから忘れて、取り出せないまま。おかげでいい御守りに」

「ああ……。もったいないなぁ。俺、気になって何度か連絡取ろうと思ったんだけど、カッコ悪いからできなかったんだよね。やっぱ返して、なんて言えないだろ？　パスワード忘れたかぁ。誕生日とかにしないようにってセミナーではずっと言ってたからな。その場で作って思い出せなくなったのか」

初瀬は頷いた。

「あの時、あの時……」

田場川はハルトがパスワードを設定していた時のことを思い出す。

「あ……当たってなかったらごめん。でも当たってるとしたら、０１０９だ、パスワード」

「え、見てたんですか?」

「いや。あの時パスワード何にしようか悩んで、窓の外を見た途端に急に設定してたからたぶんそれってだけで」

「窓の外……」

「渋谷の１０９《マルキュー》のビル、見て思いついたんじゃないかなーってそういう推理。どう?」

「あーっ！」

「ビンゴっぽいな。あとでエリナちゃんに教えてあげたら、ヨリを戻せるよ。今のビットコインの価格で……80万だ。プロポーズもいける、いけないか」

「冗談言わないでください」

「悪いこと言わないから年長者の言うことには従っとけ。あと、あのあざとい感じのマフユちゃん、俺に紹介して」

「すみません俺、他のメンバーとまったく面識なくて」

3

「あらためまして、こんばんは！　黄泉比良坂《よもつひらさか》47です！　えっと、この時間はお知らせのコーナーなんですけれどもぉ、今日は、皆さんにお願いがあります！」

「ウォーッ！」

観客が激しくペンライトを振る。

「今、日本はたくさんのスマホからトレーディング・ファンタジーのアプリで、サイバー攻撃を受けています。トレファンをどうか、皆さんの手でアンインストールして、虚無の世界へ帰してあげてください！」

「ウォーッ！」再び観客が激しくペンライトを振り、それぞれの「推し」を示す色とりどりの光が会場全体を包み込む。

「それに、サイバー攻撃に対抗するためにたくさんの人の力が必要です！　きっと皆さん使ってたと思うんですが、ヤミマの次のアップデートで対抗できるそうです。人が多ければ多いほど、サイバー攻撃を止めることができます」

「マフユからもお願いだよっ。スマホを持ってる皆さんは、ヤミマをとってきて、入れてくださいっ！　あと、ご家族やお友だちにも広めてください！」

「ウォーッ！」轟音のような歓声が、会場をまるごと響かせた。

ライブビューイングでそれを見届けた田場川は、早速ステージの模様を記事にし、〈ソーシャルコーホーズ〉の手掛ける各種メディアサイトへと掲載した。自身のフォロワーへは「拡散した人の中から抽選で１００名に各1万円分のギフトコードをプレゼント」として、〈トレファン〉のアンインストールと〈ヤミマ〉のアップデートを訴えかけた。

初瀬は、攻略サイト『トレファン★ファン』に、アプリのアンインストールと、〈ヤミマ〉のアップデートがされたら速攻でインストールするよう図解つきの説明を掲載した。

できる限りツテのある実況動画配信者やユーチューバー、V《ブイ》チューバーにも連絡をとり、動画内で紹介してもらえるように伝えた。それに、昔ながらの「ネット工作」もいくつか行って、ネット論者を煽った。

中でもアットベンケイ氏は交通事故による長い入院生活中で、燃えるハートと闘争心を持て余していたらしく、積極的にブロッキング肯定論者を論破していき、「サイバー攻撃への対抗手段があるのを知っていながら、このムーブメントに参加しないのはもはや人間じゃない」という過激な発言で、共感を得ていった。

4

「みんな、自宅待機のところ、出てきてくれてありがとう」

貞本《さだもと》はサークルフェニックスのオープンエリアに集ったチームメンバーに礼をいった。執務スペースは地検によって立ち入り禁止にされていたからだ。

「チーフ。悪いアプリを世に出してしまったのは俺たちなんで、当然です。うちのチーム、アプリ品質の最後の砦だってプライド持ってやってましたけど、至りませんでした。これは償いです」

「そうですよ、チーフ。気にしないでください」

「あの時にＢＴＬ《バトル》ファイルを看過したのは私の責任だ。あれと組み合わさらなかったら攻撃は起こらなかったと聞いている。この件が片付いたら、会社に辞表を出すつもりだ」

「貞本さんのせいじゃないですよ。あのファイルが組み込まれていなくても、何かのきっかけで発動していたわけですよね、サイバー攻撃」

「流行っているからとバトルロワイヤルゲームに変えてみたり、バブルに踊らされて元々のゲームを改造してまで仮想通貨に対応しようとした社の方針から問いただすべきです」

貞本は、皆の熱い目線に、俯くしかなかった。

品質保証部はまだまだやるべきことがある。これから生み出されていくアプリ一つ一つが問題なく使ってもらえるように務めなければ――。

貞本は想いを強くした。

＊

「それにしても、他社のアプリを検証するの、なかなか勝手がわからないもんですねぇ。起動時の挙動をチェックするだけなのに、今回はサイバー攻撃に対して有効な通信ができているかを場合分けしなきゃいけなかったんで、結構てこずりました」

「いつもの機材も使えないし、手持ちのスマホとノートＰＣを持ち寄ってですからね。いずれにしても全検証項目、クリアです」

　貞本のところへ最後の報告が上がってきた。

「ほんとうにありがとう、みんな。無事に済んでよかった。今日の検証作業はこれで完了ということで、解散にしましょうか」


　品質保証部のメンバーを帰宅させ、貞本は倉石に電話を入れた。

「倉石さん、ヤミマの新バージョン、検証、終わりました。特に不具合もなく、仕様確認のみで済んだのは流石です。ストアの審査に回せると思いますんで、ご判断願います」

「ありがとう。突然組んだテストスケジュールなのに、そこまでやってくれて本当に感謝します」

「すべて済んだら、打ち上げ、やりましょう」

「ああ」

そして、ベトナムの麻布《あざぶ》アミリへ連絡が行き、〈ヤミマ〉の新バージョンは各ＯＳ企業の審査部門へ申請された――。

5

新規出品などのサービスが停止していたとはいえ、〈ヤミマ〉には驚くほどアクティブユーザーがいた。アプリのアップデートが〈ウインドブロウズＯＳ〉を始め、各スマートフォンＯＳのストアから配信されると、ユーザーが起動した〈ヤミマ〉のアプリが次々に問題のブロックチェーンに連結され、その30分後には〈トレファン〉が提起する「サイバー攻撃」に関する議決で賛否が拮抗するようになり――。

2時間後には何度攻撃が提起されても否決されるようになった。

ユーザーがしたことはアプリの起動のみだったが、ＯＳのメモリ管理においてバックグラウンドに回った後でも粘り強く〈ヤミマ〉のアプリは動作を続け、ブロックチェーンの演算をし、スマートフォンを温かくし、「民主的に」サイバー攻撃の阻止をした。攻撃の標的となっていた政府のサイトをはじめとした各種システムは安定を取り戻し、役所のインターネット窓口もスムーズに申請などができるようになっていった。

【平成最後のＩＴ事件簿】⑥フリマアプリ&ペイメント戦国時代

個人売買を中心としたＣｔｏＣビジネスは、フリマアプリである『メルカリ』が抜きん出ており、２０１８年の6月19日に同社は東証マザーズへ上場を果たした。スマートフォンアプリから気軽に出品し、あるいは購入できるということで、「メルカリ」は国内の購買活動におけるエコシステム、経済圏として確実に市民の生活に食い込んでいる。

拡大しているＣｔｏＣビジネスだが、明るい話ばかりではない。メルカリが上場する少し前の２０１７年末、チケット売買サービス『チケットキャンプ』が、商標法違反・不正競争防止法違反の容疑で当局の捜査を受け、その後サービスが停止された。

ＣｔｏＣビジネスの現在は、そういった暗い面を払拭するため、薬品など本来法律上許可無く売買することのできない物を巧妙に取引する利用者などに対して、各サービス業者の自助努力を中心に清浄化が進められている段階だ。

また、２０１８年も冬に差し掛かった頃、ソフトバンクグループが展開している決済サービスである「PayPay《ペイペイ》」が実施したキャンペーンの内容は衝撃的であった。決済時に諸条件を満たせば抽選で数十回に1回の割合で購入したものが「無料」になるほか、通常時においても20％分のポイントがバックされるというもので、配付ポイントが総額１００億円分に到達するまで行われたが、冬のボーナスシーズンを前に買い物需要を喚起し、予定していた期間を繰り上げての終了となるほどだった。

また、それに前後して「〇〇ペイ」と称した決済サービスが多数登場。消費者にとって「どの店舗に行けば何のペイが使えるのかわからない」という状況となった。

こうして振り返ると、２０１８年はあらゆるＩＴサービスにとって「平成最後」を象徴するような大きな事件や騒動が起こった年であった。決して喜ばしいものばかりではなく、人が悩み傷つき、あるいは犯罪に巻き込まれるといったものが多かったが、教訓とするだけでなく、生み出されるものが人道にもとることのないよう、新しい時代へと繋げてゆけたらと思う。

エピローグ

日本中を巻き込んだ〈トレファン〉による『サイバー・ハザード』から半月ほどが経過し――。

〈ソーシャルコーホーズ〉のロビーは、活気に溢れていた。行き交う人々のほとんどが、前と同じようにスマホを見ながら歩いていたし、柱にもたれかかって誰かを待つ人も、やはりスマートフォンの画面を見ながらヒマを潰していた。

エレベーターから降りてきた田場川《たばかわ》の前に、松葉杖をついた男が現れた。先日まで交通事故で入院していた『週刊文旬』の依永《よりなが》だった。田場川は軽く手を上げるとそばに駆け寄って、軽く彼にハグをして、ポンポンと背中を叩いた。

「元気そうな顔みて安心した。回復の状態、よさそうじゃないか。『アットベンケイ』さん」

「僕の生命力を侮らないでくださいよ。取材なんかは無理だけど、これを機会にっていうか、内勤に回してもらったんです。鎌倉時代の弁慶は、最期だって数多の矢を受けて仁王立ちのまま死んだっていうじゃないですか。まだまだ倒れっぱなしじゃいられません」

依永は自分で称した通り、バイタリティの強そうな人懐っこい笑顔を田場川に向けた。

「そうか。でさ、今日は相談に乗ってほしくてわざわざ来てもらったんだよ。今度の本なんだけど『IT業界アベンジャーズ！　インターネットウォー！』っていうの、書こうと思ってるんだよね、自分の言葉で」

「僕に協力できることなら、いくらでもしますよ。ただタイトル、映画のもろパクリですよね。そこからちょっと考え直していきましょうか」

「いいねぇ！　いいタイトルが浮かべば、もう全部書いたも同じだなっ！」田場川は肩を叩いた。

「ちゃんと自分で書いてくださいよ。『アドリーマン宣言！』の時はだいぶ編集に助けてもらったって言ってましたけど、田場川さん自分で書いたほうが絶対いいから」

「まーたまたまた。俺が口下手だっての、知ってるくせに」

「口下手な人はアドリーマンなんか宣言しませんって。ちょっと涼しい喫茶店でも行きましょうよ。僕が入院中だったあの時の話、聞かせてください。日本の危機に田場川さんが立ち向かった話。居合わせたかったな。病院のベッドからスマホで煽りの投稿するのが精一杯だったんで」

「了解。座りやすいソファがあるところがいいよな、それだと。おっと、エレベーター、こっち」

田場川は、依永を支えるようにして、フロアから降りていった。

＊＊＊

幕張のイベントホール以降、いくつか大きめのライブが続いたが、その日の〈黄泉比良坂《よもつひらさか》47〉は、原点ともいえる秋葉原のイベント会場でファンミーティングを行っていた。

「えっとぉ、この曲は、先月のサイバー事件のときにちょっと問題のあった歌で〜」

マフユのMCに会場がどっと沸く。あれだけの大事件も、二週間もすれば消費されてしまうのが今の社会だ。

「では、聴いてください。『ファンタジー・クライシス』」

エリナがセンターのこの曲『ファンタジー・クライシス』は、あの〈トレファン〉のイメージソングだ。タイアップ曲ではあったが、ゲームサービスが閉鎖された今も彼女たちは歌い続けている。

盛り上がる観客席。

『ウォーッ！　ハイ！　ウォーッ！　ハイ！』
『マジマジマジョルカ　マッ・フッ・ユー！』
『ウォーッ！　ハイ！　ウォーッ！　ハイ！』
『エリエルエレエロ　エッ・リッ・ナー！』

一糸乱れぬファン同士の呼吸の心地よさに、初瀬《はせ》は力いっぱい「コール」した。もちろん周囲のファン仲間には、あの頃のエリナとのことは一切話をしていない。「0109」のパスワードをエリナに伝えるのは、またビットコインが暴騰してからと心に決めていた。

そんな日が来るとは全く思ってはいないが——。

＊＊＊

いつもの料亭に武壱《たけいち》が呼びつけたのは、地方創生総合戦略を手掛ける官僚であった。

「先月のサイバー攻撃騒ぎ、あれで作ったネットのブロッキング臨時委員会。まだ生きちゅうな」

「はっ」

「おまんは、ブロッキングをどう考えゆう。おれに教えてつかあさい」

「憲法に定められた通信の秘密に抵触するため、あくまでも超法規的、臨時の施策としてすべきものかと心得ております」

「まっこと優等生ですき」

「……と申しますと」

「通り一編の回答をしてほしくてわざわざおまんを呼んだがじゃのうて」

「失礼いたしました」

「ブロッキングゆうんは、要は囲い込みやき。その後に待っちょるんは、経済保護政策じゃ。先の戦争で日本が何をされたか、おまんは生まれちょらんが……。近代史の勉強くらいはしてきたですろう」

「はっ」

「一度ネットをブロッキングして、その中で生まれる利権を握る。情報保護政策ちゅうこと。サイバー攻撃やら不法で不健全なコンテンツやらを遮断することに、そんなに意味は無いですき」

「さすがは武壱先生、世情を見据えていらっしゃいます」

「お世辞は要らん。そこでおまんに頼みたいことが一つ、ある」

武壱はその貫禄ある身体をずいと寄せ、強い目力で睨みつける。

「……っ、何でしょうか」

「『ふるさと仮想通貨』を作れちや」

「ふるさと仮想通貨、と言いますと……？」

「まだ仮想通貨は資金決済法の範疇じゃき。これが近々《ちかぢか》、暗号資産と名前が変わるとか金商法がかかってくるとか噂されゆう。そうなってからじゃ遅い。今、金商法でも触れられんがは、地方自治体が発行する地域通貨じゃ」

「その地域通貨を仮想通貨に置き換える、ということでしょうか」

「ご名答。前によくウロチョロしてたY証券のナントカっちゅう小者とは出来が違うのぉ。いくつかの村が、村おこしで地域ポイントを発行する取り組みをやっちゅうが、アレはまあ、商店街でもらえるスタンプのようなものですき」

「はい、私も一部、関わっております」

「もっと本格的な、相場のある仮想通貨として、よろしくやってつかあさい」

「……っ、為替のようなもの、とおっしゃるのですね。かしこまりました」

官僚との談話のあと、武壱は懐から二つ折りの携帯電話を取り出した。

「さあて、あともう一人、連絡をとらにゃならんのがおったな」

＊＊＊

麻布《あざぶ》アミリを空港まで見送りに来た倉石《くらいし》は、何度も「じゃあ」と言いかけて、その言葉を呑みこんでいた。言ってしまったら離れ離れになる。それがなんとなく空白を胸に呼び起こしてしまうことを感じていた。

「シンガポールのほうが暮らしやすいか、やはり」

「そう。ベトナムからまた日本に戻って、こっちで起こったこと全部回収して、正直、疲れた。日本も暑くなってきたし、まだどこでも冷房が効いてるぶん、シンガポールのほうが快適」

「そうか」

「見送るなんて言って……。引き止めるタイミングを外したまま今になった、って顔してる」

「え、あ……、そう。そうなんだ。せめて、正月くらいまでは日本にいないか？」

「倉石くん、そういうとこあるよね。だから私とずっと一緒にいるのは難しいと思う」

「そうか……。ま、日本にきたら、連絡くれよ」

「日本にいなくたって四六時中連絡なんかとれるでしょ。お別れするんじゃなくて、見送りなんだから」

「……だよな」

その時、アミリのバッグの中でスマートフォンが音を立てた。覗き込むとディスプレイには「武壱先生」と表示されていた。

アミリは電話に出ずに着信を拒否した。

「大事な電話じゃなかったのか？」

アミリが電話に出なかったのを思いやって倉石は訊いた。

「後でかけ直すから大丈夫。私のことより、新しい会社、起《た》ち上げるんでしょ。応援してる」

「今度はもっとスマホやネットが人を助けることに直結するアプリサービスを開発する。もう構想はしてあって、それぞれが持つ余暇時間や資産、これをライフリソースって言い方にしようと思うんだが、それを簡単に可視化できるパラメータとそれ用のインターフェースを作る。これが定義できたら、あとは他人と交換して……」

新しい事業のことになった途端、倉石は立て板に水のように話し始める。

「それ、そういうところが本当に倉石くん。じゃ、またね。今度はシンガポールに来るといいよ」

「……っ、ああ、そうする。じゃあ、その時はまた」倉石は小さく手を振った。

「さっきの、サービス名は決まってるの?」

「いや、そんなのせいぜいプロトタイプができてからだ」

「くれぐれも自分の名前を新しいサービスにつけたりしないほうがいいよ。私がつけたやつ、だめだったんだし」

「……?」

正月までなんて、そんなに長く滞在していたら180日超えするし、1月1日に居住してるってことになったら、日本で住民税払わなきゃいけなくなっちゃうじゃない——。

アミリは搭乗カウンターへ、ロングヘアーをなびかせて颯爽と歩いていった。

＊＊＊

〈JNEGA〉の事務室で、それまでデスクでせわしなくキーを叩いていた湯浅《ゆあさ》は、カチッとマウスの音を響かせると、プリンターのところへと立った。

「所長。ついにレポート、まとまったッス」

数分かけて吐き出された紙の束を机の上でトントンと均《なら》してから、大きなダブルクリップで留めて衡山《ひらやま》に手渡す。

「そうか。ずいぶん分厚いな。それに『仮想通貨取引適用バトルロワイヤル型ゲームアプリによる政府デジタルガバメントシステム並びに各種サイトおよびサービスへのサイバー攻撃に関する調査報告書』ってタイトルは、さすがに長すぎる。これでは関係省庁に持って行った時に失笑を買ってしまう」

「……ッスよね。なので、短いタイトルも考えときました。いつもレポートは事務的なタイトルにしてたから、読む人に興味持ってもらえてないんじゃないかって思ってたんで。だから、見てください、俺流のタイトル」
湯浅は取り出した紙を一枚、レポートの表紙の上に載せた。
『ブロックチェーン・ゲーム』――。

（完）

あとがき

お読みいただき、ありがとうございます。この作品はもともとウェブ小説として2018年4月から8月までの5ヶ月にわたって執筆していたものを修正・編集し、コラムを加えて単行本としたものです。

ウェブでの執筆当初はもっとシンプルな、仮想通貨流出事件を主軸にした、取引所内の不正を暴くビジネス・クライム小説を構想して書き始めましたが、コラムにも記載しましたとおり2018年は仮想通貨界隈だけでなく、ブロッキング議論やコインハイブ事件など、ネットの文化そのものを揺るがすような事件が大変多く発生し「事実は小説より奇なり」と言わんばかりの状況となりました。

そういった情勢を盛り込むことで執筆中にストーリーも変わっていき、最終的に「国民のスマホがネットワーク化され、政府のシステムへサイバー攻撃を行う」という近未来SF的な展開に、それに至る過程で誰もがちょっとしたボタンの掛け違いや、仕事や生活での「この程度ならいいだろう」といった類の迂闊なことをして、それ故に事態が連鎖していくというスタイルの群像劇に着地しました。

ウェブ小説は連載中に時流に合わせることができたり、一通り書いた後に修正や拡張をしていけたり、良いタイミングで書籍化できたりと利点も多く、自分に合った書き方だな、と思っています。

今回の書籍化にあたって、きっかけとなったウェブ小説への扉を開いてくれたN氏、本稿の最初の読者としてアドバイスをくれたH氏、いつもぼくの小説を読んで感想をくれるU氏、ウェブ小説ゆえの雑多で何度直しても足りないくらいの原稿を、根気よく書籍化に至るまでサポートしてくださった編集部の皆さんに、感謝の意を表します。

最後にもう一度。お読みいただき、本当にありがとうございました。

新元号「令和」が発表された日に
沢しおん　拝

著者紹介

沢 しおん（さわ　しおん）

2018年、出版系イベント「NovelJam」（主催：HON.jp）にて、SF短編小説『マイ・スマート・ホーム』で小説家としてデビュー。オンラインゲーム企業の役員として15年のキャリアを持ち、スマートフォンゲームのシナリオ編集者として年間400万字以上の物語をリリースしている。

◎本書スタッフ
アートディレクター/装丁：岡田 章志
デジタル編集：　栗原 翔

●本書の内容についてのお問い合わせ先
株式会社インプレスR&D　メール窓口
np-info@impress.co.jp
件名に「『本書名』問い合わせ係」と明記してお送りください。
電話やFAX、郵便でのご質問にはお答えできません。返信までには、しばらくお時間をいただく場合があります。
なお、本書の範囲を超えるご質問にはお答えしかねますので、あらかじめご了承ください。
また、本書の内容についてはNextPublishingオフィシャルWebサイトにて情報を公開しております。
https://nextpublishing.jp/

●落丁・乱丁本はお手数ですが、インプレスカスタマーセンターまでお送りください。送料弊社負担にてお取り替えさせていただきます。但し、古書店で購入されたものについてはお取り替えできません。
■読者の窓口
インプレスカスタマーセンター
〒101-0051
東京都千代田区神田神保町一丁目105番地
TEL 03-6837-5016／FAX 03-6837-5023
info@impress.co.jp
■書店／販売店のご注文窓口
株式会社インプレス受注センター
TEL 048-449-8040／FAX 048-449-8041

ブロックチェーン・ゲーム
平成最後のIT事件簿

2019年4月26日　初版発行Ver.1.0（PDF版）
2019年10月16日　Ver.1.1

著　者　沢しおん
編集人　錦戸 陽子
発行人　井芹 昌信
発　行　株式会社インプレスR&D
〒101-0051
東京都千代田区神田神保町一丁目105番地
https://nextpublishing.jp/
発　売　株式会社インプレス
〒101-0051　東京都千代田区神田神保町一丁目105番地

印刷・製本　京葉流通倉庫株式会社
Printed in Japan

ISBN978-4-8443-7802-0

NextPublishing®
●本書はNextPublishingメソッドによって発行されています。
NextPublishingメソッドは株式会社インプレスR&Dが開発した、電子書籍と印刷書籍を同時発行できるデジタルファースト型の新出版方式です。 https://nextpublishing.jp/